小和尚生活

忆兰州军区总医院大院的快乐童年

骆怡心 著

北京燕山出版社

图书在版编目（CIP）数据

小西湖往事：忆兰州军区总医院大院的快乐童年 / 骆怡心著. —北京：北京燕山出版社，2017.5

ISBN 978-7-5402-4540-5

Ⅰ.①小… Ⅱ.①骆… Ⅲ.①回忆录－中国－当代 Ⅳ.①I251

中国版本图书馆 CIP 数据核字（2017）第 121277 号

小西湖往事：忆兰州军区总医院大院的快乐童年

作　　者	骆怡心
责任编辑	陈　雪　王梦楠
责任校对	杜　睿　石　英
封面设计	闻江文化
社　　址	北京市西城区陶然亭路 53 号（100054）
网　　址	http://www.bjyspress.com/
微　　博	http://weibo.com/u/2526206071
微　　信	yanshanreading
电　　话	01065240430；01063581036
印　　刷	北京世纪恒宇印刷有限公司
开　　本	710mm×1000mm　1/16
字　　数	112 千字
印　　张	11.25
版　　次	2017 年 8 月第 1 版
印　　次	2017 年 8 月第 1 次印刷
定　　价	28.00 元
出版发行	北京燕山出版社

版权所有　　盗版必究

序

　　《小西湖往事：忆兰州军区总医院大院的快乐童年》给我们讲述了地处大西北兰州一所光荣部队医院的历史，以及当年曾经在这个医院大院成长的孩子们的往事。当年的孩子不论现在身在何处，都会眷恋生我养我的土地，难忘童年曾发生的点点滴滴。

　　建国初期，我们父辈在党的领导下，克服困难，勤奋工作、艰苦创业，为社会主义革命和建设做出了贡献，我们为父辈感到骄傲和自豪。这本书中有很多历史资料和老照片非常珍贵，从一个侧面反映了父辈们的光辉业绩，这些都是需要我们认真学习和铭记的。20世纪五六十年代，尽管我们生活并不富裕，物质上很匮乏，但精神上很充实，孩子们在大自然中快乐地成长，没有任何条条框框的束缚，几个弹球、一根橡皮筋就能给孩子们带来多少美好的时光，这种开心热闹的景象，是今天无法想象的。尽管我和很多读者并没有在这所医院大院工作或生活过，但大院不同，经历相似，《小西湖往事：忆兰州军区总医院大院的快乐童年》讲述的故事好像就发生在我们身边，从中都能找到自己儿时生活的影子，我想这也是这本书能引起我们共鸣的重要原因。

《小西湖往事：忆兰州军区总医院大院的快乐童年》语言朴实、情节生动，是值得一读的好书。

沙 沙

2017 年 8 月 1 日于北京

目 录

前言 …………………………………………………………………… 1

第一章 小西湖——父母相遇相知的地方 ………………………… 1

第二章 童年的小西湖,最初的乐园 ……………………………… 25

第三章 与露西和小伙伴们相伴的日子 …………………………… 48

第四章 小西湖,我的家乡,我的成长 …………………………… 109

第五章 再会,为了更好的重逢 …………………………………… 128

附录 零距离接触景山现象 ………………………………………… 156

后记 …………………………………………………………………… 169

前　言

　　2014年，我[1]与分别33年、在兰州军区总医院大院小西湖畔一同长大的发小尹露西联系上了，为此我又专门去了一趟兰州见露西。今年春节末又去湖南看望了她的父母——92岁的尹金林伯伯和83岁的谭灿阿姨。45年没见（1969年12月露西全家被迁往湖南长沙，之后我再没见过她的父母），我们都异常激动，这也勾起我无限的回忆。现在我把2015年年初写的回忆录初稿《兰州旧事》的下部《小西湖往事》整理出来，单独成册出版。

　　我1966年6月离开总院，因为离开得较早，总院大多数人都不认识，他们也不知道我，但小西湖是我和小伙伴们曾经共同生活、成长的地方。提到小西湖，我的脑海里永远是一幅从我家就能看到的景色：右边是小西湖的东湖和大庙（也有叫凉亭的），左边是小西湖的西湖；湖水微澜，染柳烟浓，几只白鸭在碧波中嬉戏，小西湖的西湖北岸林荫道上有一位白衣天使推着轮椅，陪同坐在轮椅上面的患病战士一起散步，墙后能看到住院部的部分楼房，楼后远山的山顶清晰可见……这一幅美丽宁静的画面，永远定格在我的脑海深处，让我魂牵梦萦……

小西湖往事
—— 忆兰州军区总医院大院的快乐童年

很早就想把小时的生活情景写出来，打了约10年的腹稿，都只是停在"想"的阶段。长期生活在总院小西湖边的人们，不知能否理解我这种感情——离开、失去会让人更加怀念小西湖的美好、可爱和珍贵。走近小西湖，就走进了回忆，走进了我的童年，走进服务社大院20世纪的故事里。

触摸往事，点点滴滴、日常琐碎的事件中，有悲喜，有起伏。童年生活的美丽场景和动人画面，在我的脑海深处永不磨灭，年龄越大，感受越深，思念越浓。我已移居北京7年了，都说老朋友好，新朋友不好交心，但我有幸在北京结交了两个女友，2013年，又突然先后失去了这两个能交心又懂我的女友，使我感到人生的无常和无奈。

失去朋友时，我的心情很悲观。我要珍惜现有的，我想我为什么不尽最大的努力，去寻找我儿时的朋友，我的发小们呢？我打电话给兰州的朋友，朋友又通过他的朋友帮我找到了我的发小尹露西，我从北京赶到了兰州，与33年未见的露西相聚。见到露西，尘封在我心底几十年的回忆及思念喷涌而出。回京后，思念和回忆像小西湖的湖水般涌进脑海，让我这个没上过多少学，从来没写过什么文章，经常提笔忘字的人拿起了笔。写作不是我的强项，也不是我的爱好，但我却到了不写就寝食难安的地步。找到儿时的朋友，虽离开兰州已太久，但小时的生活情景仍历历在目。乡愁像一条绳索紧紧地缠绕着我，这几种交织的情感让我动笔了。

没有受过系统教育的人也有一个好处，就是写作（回忆录）没

前　言

有条条框框，想到哪儿写到哪儿，平铺直叙，没有禁忌，仅仅只遵循真实，把多年想说的话一吐为快！拙笔一支描不尽故乡小西湖的处处美景，写不完总院大院快乐童年的点点滴滴。如今大院孩子们已经发染冰霜，但仍然感情似金，他们生活在全国各地，也有居住在国外的，但小西湖情结、总院情结紧紧地把他们联系在一起。

炎炎夏日，我以小西湖之梦托，借金城[2]之灵感，寄黄河之情怀，歌兰山[3]之回忆，把多年的思绪与儿时的记忆，在遥远的北京落墨成篇，奉献给我自己，奉献给我的发小，奉献给总院大院小西湖畔的新朋友们，奉献给曾经关心、帮助、喜欢我的前辈们。

毕竟离开的时间已久，记忆难免有错误，如时间、人名、地理位置及其他等，希望了解的发小及朋友们能指正。

最后，还要感谢总院发小、著名画家凤胤斐（张五一）为我的回忆录《小西湖往事》设计封面和题写书名；感谢我母亲郭启荣的同学总院杜桂珠阿姨为我提供老照片；感谢总院发小赵翔、魏世华、王力军、邬江、潘力、刘叶玲、唐明、乔林、尹露西、戚庆华为我提供总院与小西湖的老照片。凤胤斐的封面设计和书名题写为本书增色不少，而杜桂珠阿姨和众发小提供的老照片，真实地再现了总院小西湖往事，向大家展现了总院的辉煌历史和小西湖曾经的美景。老照片承载了太多历史和太多的故事，相信老一代和我们这一代人看了这些老照片，都会心潮澎湃、思绪联翩，为自己曾在那片美丽的大地上生活、工作过而感到自豪。新一代的总院人也会惊叹小西湖逝去的美丽及前辈们的美丽人生和精彩瞬间。

在中国人民解放军建军 90 周年这个特殊的时候，微信公众平台"大院孩子"创建者沙沙在百忙之中为本书作序，令我十分感动。在这里向沙沙表示由衷的感谢！

---

[1] 我现名骆怡心，原名骆小林，四年级改为骆苑，但大家都发音成"罗园"，我认可且我一直也以为我的姓名是罗园，班主任就是这样叫我的。

[2] 金城：兰州古称金城。

[3] 兰山：兰州南面有座皋兰山，俗称兰山。

第一章

小 西 湖
——父母相遇相知的地方

黄河一路向东流去，浩浩荡荡，两山夹一水，更显得山的雄美。城市与大山做伴就有了厚重与包容，有了大河的贯穿，便有了通达与灵动。兰州（古称金城）就是这样一座美丽的城市，甘肃省简称"甘"或"陇"，兰州市是它的省会，位于黄河上游。在兰州城的偏西方向，有一个美丽的地方——小西湖。

美丽的小西湖畔的护校女护士们（照片提供者：刘叶玲）

小西湖往事
——忆兰州军区总医院大院的快乐童年

小西湖古称"莲荡池"。明洪武十一年（1378）朱元璋封藩时，第十四子朱楧被封为肃王，建文元年（1399）肃王府从张掖迁至兰州。肃王思念南方水乡美景，于建文四年（1402）花巨资建莲荡池，连绵五里，歌台水榭，荷香远溢，花木扶疏，鱼游虾荡。此美景后毁于战火，几建几毁，并改名为小西湖。"光绪七年（1881年），杨昌濬自浙江移督甘肃后，在湖中新建了来青阁，湖西新建了临池仙馆，湖北新建了螺亭，并在池东建坊，题额'小西湖'。民国十三年（1924），督军陆洪涛饬其僚属重修，增建了宛在亭、瀛洲亭、钓潍坊、羊裘室、龙王庙等胜境。"[①]

"莲池月夜"成为兰州八景之一，古人曾作诗赞："西湖十里好烟波，散作兰波漾一窝。莲叶田田人对月，分明清影今宵多。"因风景秀丽在西北少有，人们都说这是一块风水宝地，因此曾被西北大军阀"青海王"马步芳看中，成为他家的后花园。20世纪50年代初，经过规划建设，在小西湖南建立起来总院的主体大楼。建主体大楼时，全院官兵积极主动利用休息日和下班后的空闲时间，参加义务劳动，徒步去南关十字南门，从即将坍塌的"万里金汤"背回大量的砖。主体大楼的一部分砖都是大家辛苦背来的，因此医院主体大楼很快落成。

[①] 师宗正、秦斌峰编著：《河西走廊 甘肃1》，北京：中国旅游出版社，2015年，第29—30页。

小西湖 第一章
——父母相遇相知的地方

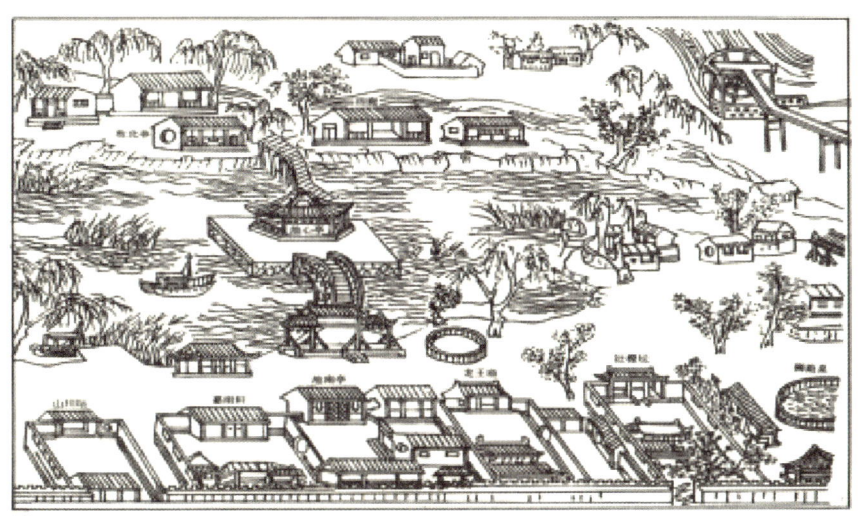

清代莲荡池示意图（图片摘自兰州新闻网）

住院部大楼（照片提供者：邬江）

小西湖往事
——忆兰州军区总医院大院的快乐童年

1952年10月4日,中国人民解放军西北军区第一陆军医院主体大楼落成。医院从小西湖桥头原中央医院旧址迁过来。这一天,全院官兵职工放假一天,张灯结彩,敲锣打鼓,载歌载舞,欢欢喜喜,庆祝迁院。

原中央医院旧址,新中国成立后为中国人民解放军西北军区第一陆军医院(照片提供者:杜桂珠)

小西湖 第一章
—— 父母相遇相知的地方

小西湖成为中国人民解放军西北军区第一陆军医院（兰州军区总医院前身）的所在地。

解放军西北军区第一陆军医院前身为八路军军医院，1939年创建于延安，曾被命名为白求恩国际和平医院总院。中华人民共和国成立后，解放军全部接管了小西湖国民政府所属的中央医院。医院原址在原西湖小学（七里河第三小学）旁的原13病房（传染病院）处。兰州远离战场，相对比较安全，许多国内军队医疗界的精英们来到兰州这片热土，开始了他们的事业。中央医院遗留下了大批的专家、学者、教授，如院长张查里，护理部主任黎秀芳，副主任张开秀，妇科主任李馥孝，骨科主任葛宝丰等。抗日战争时期，一大批优秀的医学专家集聚在兰州这个大后方，这个医院的设备在当时也比较先进，专家医术高明，在全国也是很闻名的。

中国人民解放军西北军区第一陆军医院的女护士们

（照片提供者：杜桂珠）

小西湖往事
——忆兰州军区总医院大院的快乐童年

1952年10月，中国人民解放军西北军区第一陆军医院主体大楼落成
（照片提供者：杜桂珠）

此时的兰州缺医少药，医务人员奇缺。原中央医院聚集着一批学富五车、医术精湛的学者、专家、高级知识分子，而且大多有海外关系。中华人民共和国的国家和军队急需这批人才，解放战争留下的大批伤员需要治疗，于是西北军区接管了原中央医院。这批遗留下的专家、教授、高级知识分子职务不变，待遇不变，有海外关系的不穿军装不属于军队，只为人民服务。余下的护士、大夫一律加入中国人民解放军，算"8·26"（1949年8月26日是兰州解放日）以前的军职人员。

中华人民共和国的建立给我母亲带来了全新的生活。她的生活发

小西湖 第一章
——父母相遇相知的地方

生了巨大的改变,从一名青年学生成为一名光荣的中国人民解放军战士。她的心情无比激动和喜悦,16 岁的她经常以为自己在做梦,那个时期她整天亢奋无比、欢欣雀跃,解放兰州的情景历历在目:1949 年 8 月 12 日凌晨,兰州战役打响,驻守在城区的国民党马家军烧杀抢掠,西北高级护士学校校长黎秀芳带领女学生,打扮成农村妇女的样子,又用炉灰把脸抹黑,趁着夜色转移到山里藏好。8月 26 日兰州战役结束,解放军进城,500 多名伤员被抬进了黎校长工作的中央医院,而且伤员还在陆陆续续地送来。黎校长得知后,立即带领躲避在外的学生们赶回中央医院投入紧张的夜以继日的抢救工作中去。

我母亲跟着校长和同学们一起抢救伤员,抢救这些为解放兰州英勇负伤的最可爱的人。她亲眼目睹了一些受重伤的战士,因人手不够没能及时抢救或伤势太重,牺牲在他们面前,心中极其震撼!

兰州解放战役让母亲明白新政权的来之不易;让她在血雨腥风中更加懂得生与死的意义;让她更加珍惜新生活的美好珍贵;明白了自己肩负的责任与义务;更加热爱自己的祖国与军队,并为自己是其中的一员而感到无比的自豪!

1949 年 8 月 26 日是兰州解放日。这时候我的母亲刚好从黎秀芳先生办的西北高级护士学校毕业,直接进入黎秀芳任护理部主任的、新生的中国人民解放军西北军区第一陆军医院(兰州军区总医院前身)。

黎秀芳毕业于南京中央高级护士学校,是原国民党将领的女儿。

小西湖往事
——忆兰州军区总医院大院的快乐童年

她毕业后留校任教不久，收到了原中央护士学校老师夏德贞从兰州寄来的信，得知西北兰州护理人员和护理人才极缺，便和同学张开秀等3人，不顾家人劝阻，在1941年底毅然踏上了西去的征程，辗转来兰任教。过了几年，校长出国，黎秀芳接替了校长职务。没有像样的校舍就自己筹资建设，教材奇缺，黎秀芳就自力更生，夜以继日，翻译、查阅资料，自编教材，编写了基础护理学、营养学等几门主要课程的讲义。她办学严谨，学员入学有甄别期，实行淘汰制，学制两年。从1943年到1949年，共办4个班，46名学员毕业。虽人数不多，但个个优秀，为西北地区培养了一批高级护理人才。

右为黎秀芳校长，左为她的亲密战友张开秀

小西湖 第一章
——父母相遇相知的地方

1949年前，黎秀芳同时任原中央医院护理部副主任及教务主任，1949—1961年任兰州军区总医院附属高级护校校长。黎秀芳是全军首位南丁格尔奖的获得者。解放兰州时，医护人员抢救先送来的伤员，却失去了对后来重伤员的抢救机会，因此要改进一些以往的抢救程序，让学员走出盲目抢救的误区。强烈的革命责任感，让她思索改变护理工作流程。她和好友、护理部主任张开秀一起反复讨论，总结经验教训，最终提出了"三级护理""三查七对"等一系列护理方法和操作技术规范，实现了中国护理事业质的飞跃发展。这一系列护理工作流程，在之后1959—1961年的平叛部队伤员的及时妥善处理上以及1979年中越边境自卫反击战中都发挥了很好的作用。"三级护理"发表后，很快被苏联《护士》杂志转载，引起国内外护理界的轰动，军内外96家单位来兰州军区总医院参观学习。1979年，黎秀芳又发表了《战伤护理》，成为我军有特殊贡献的特技专家。2002年，晋升为文职特技，担任全军护理专家组组长等重要职务。

我的母亲郭启荣，天津杨柳青人，但出生在新疆迪化（乌鲁木齐）。出身城市贫民，家中孩子众多，她排行老四，从小就喜欢学习，在迪化读到了小学二年级，家里没钱就不供她上学，她就闹绝食，非要上学。她是所有孩子中最聪明的一个，所以我姥姥姥爷最喜欢她，拿她没办法，姥姥就让两个已出嫁到兰州、家境尚可的女儿把她带去了兰州，由两个姐姐帮衬来供她上学。母亲学习刻苦，成绩优秀，考入兰州女师附中，毕业后为减轻两个姐姐的经济负担，又考入黎秀芳的西北高级护士学校（西北高级护士学校录取条件严苛，但免收学费）。

黄河边的总院女护士们（左二是郭启荣）

郭启荣（右一）毕业后分配到总院妇产科

小西湖 第一章
——父母相遇相知的地方

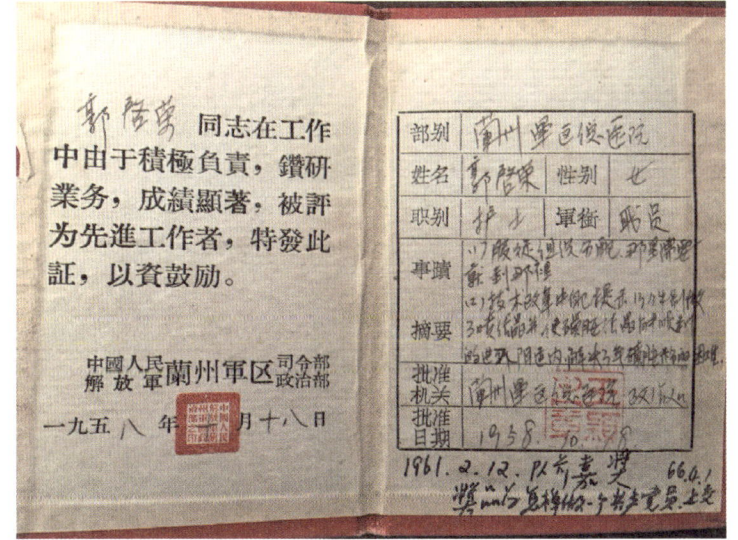

郭启荣工作中受到的表彰嘉奖证件（一）

小西湖往事
——忆兰州军区总医院大院的快乐童年

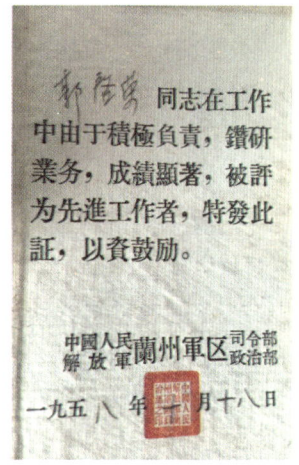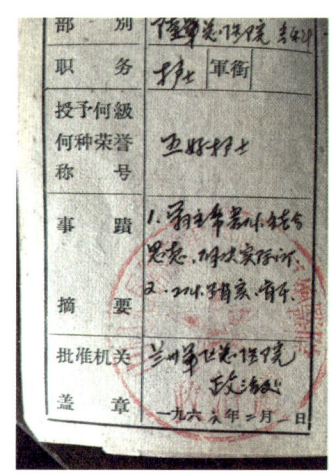
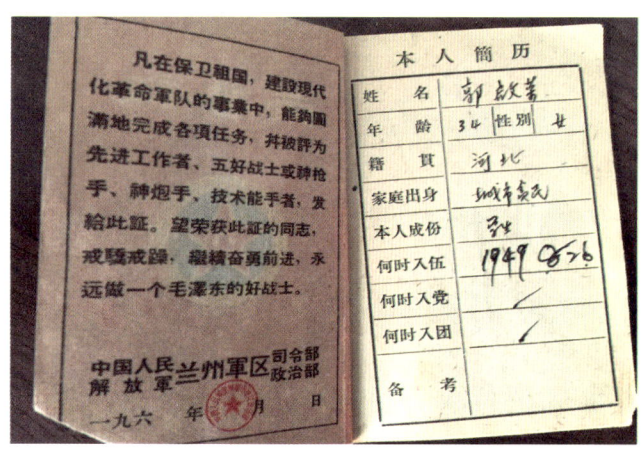

郭启荣工作中受到的表彰嘉奖证件（二）

母亲郭启荣分配到了妇产科，科主任是著名妇科专家李馥孝。能跟着全国知名妇科专家李馥孝学习，我母亲感到非常荣幸。母亲的同学有刘莫逸、刘景文、李淑英、杜桂珠、王宝云、刘佩英、郭维兰、李兰英、李止戈、李平等，还有唯一的男同志阿黄（黄炳生），都被分配到总院各个科室工作。在那热火朝天的年代，我母亲郭启荣像快乐的小鸟一样，每天走路都像小鸟一样蹦跳着飞来飞去。

母亲每天听着军号起床、吃饭、上班、出操，进行政治学习、业务学习，快快乐乐而又紧张。她业务进步很快，工作是美丽的，心情也是美好的，曾经被树为全院业务标杆，那是一件非常光荣的事。她也多次被评为五好护士、先进工作者等（因多次搬家，有不少立功受奖的证书、奖状及部分总院的老照片，已经丢失了）。那时母亲每天都幸福地沐浴在明媚的阳光下，以至于在梦中都会常常笑醒。

1950年，伟大的抗美援朝战争拉开了序幕，唇亡齿寒，为了保家卫国，中央做出紧急部署，10月13日决定，10月15日准备，19日入朝作战，行动之快、组织之果断前所未有。这期间，我母亲和战友们群情激昂、摩拳擦掌，多次要求参战，决心书和请战书像雪片一样飞到政委手中。母亲因不满18岁未被批准，为此我母亲还大哭一场。全院敲锣打鼓、载歌载舞送走一批热血沸腾的参战战友。

欢送战友们入朝作战（前排左五是郭启荣）

小西湖往事
——忆兰州军区总医院大院的快乐童年

欢送战友们入朝作战（照片提供者：杜桂珠）

20世纪50年代初，我们国家与苏联关系很好，那时全军号召学习苏联老大哥，总院大广播里每天都播放苏联音乐。大约是1952年以后，每个星期六晚大家在大食堂学跳交谊舞，下了班的护士和医生，匆匆吃完饭，把大食堂的桌子码好，腾出空间，椅子沿墙放好，供人们休息。大食堂很大，有2000多平方米，里面有干部灶、专家灶、大灶（一般医护灶）。南面有6个很大的窗子，举架很高，东西各有两窗，窗间有大门可出入，南面窗户的墙体上有"团结 紧张 严肃 活

第一章 小西湖
——父母相遇相知的地方

泼"8个红色仿宋体大字。

总院男少女多,会跳会唱的人不少,有一个乐队,但乐队的乐手还是不够,于是就请来了小西湖街对面兽医学院的小乐队,与总院乐队合并。总院也有一个手风琴手,好像姓郑,共同的爱好使他与我的父亲成了朋友。兽医学院男多女少,正好与总院互补,每周六晚上,在总院大食堂举办军民联欢舞会(夏天,则在黄河边梨树下的舞池里跳舞)。

我的父亲骆林那时正在兽医学院上学,他从小就喜欢音乐,对音乐敏感,在舞会上很活跃,一会儿指挥,一会儿跳舞,一会儿独唱,一会儿弹琴,擅长抒情男高音的父亲一出场就非常出彩,掌声不断。有像样的乐队伴奏,舞会气氛马上就浓烈起来了。军民联欢双方领导都很重视,第一场就非常成功,皆大欢喜,从此就固定下来了。舞会每周六晚一次,后来有三对因舞结缘、喜结连理的年轻人,都是学院男、总院女。兰州军区的领导周末也经常到总院来参加舞会。

夏天来了,天气炎热,在大食堂里跳舞就更热了,后勤的战士于是就在靠近黄河边水塔旁的地方用水泥砌了一个很大的池子,作为舞池。舞池有4棵很大的梨树。暮夏的晚上,河风微醺,成熟的梨子有时会随着习习凉风掉下来打在跳舞的人们的身上。总院里的梨树是最多的,除了试验室、豆腐坊旁边,还有梨园,黄河边的梨树长得很好,沉甸甸的梨把枝头都压得弯了下来。为了防止树枝折断,工人们用麻绳把梨树的枝一条条都拽起来。梨子长得丰盛密集,上面的梨只要掉

小西湖往事
——忆兰州军区总医院大院的快乐童年

下来一个，就会碰到下面的梨，于是几个梨噼里啪啦掉下来就是一大串，掉在跳舞的人们的身上、脸上。这时大家也不跳舞了，嘻嘻哈哈地去捡梨。总院的孩子们也知道了，看跳舞时，时不时去拉下那个麻绳，梨掉下来后，他们就哄抢那满地的梨……舞池旁边还开辟了羽毛球、篮球、乒乓球场地，还有单杠、双杠等体育设施，是大家休闲及体育锻炼的场所。总院做事向来很人性化，场地旁边放了很多帆布躺椅，每个躺椅上都放浴巾，有伤病员、休养员散步过去，累了可躺那儿小睡一会儿。

西湖小学校长王瑚是总院留用人员，是个舞迷，舞会场场不落。还有西湖小学教师张心智，他是张大千的儿子，都是父亲的好友，也都是舞林高手。张心智后来任宁夏回族自治区政协副秘书长。我的母亲和她的同学们、同事们、战友们都非常喜欢跳舞。

正在跳舞的总院的护士们

小西湖 第一章
——父母相遇相知的地方

正在跳舞的总院的护士们（左后一是杜桂珠）
（照片提供者：杜桂珠）

我母亲和我父亲是在舞会上认识的，母亲对父亲一见钟情。父亲骆林性格阳光开朗，有过人的才华，谈吐不凡，相貌英俊。父亲出生在南京，从小喜欢音乐、书法、摄影、体育、文学。我父母接触后双方情投意合，热恋起来，很快西湖柳边、花前月下出现了他俩并肩的身影。俩人一起在白塔山上望黄河，在皋兰山下数五泉，母亲更是感到自己的人生美好到极致，生活是如此美丽、幸福，于是很快他俩就谈婚论嫁了。

我的父亲骆林年轻时非常优秀，他不仅学习成绩好，在西北师范大学附属中学上到高二就直接以同等学力考入取分很高的甘肃省国立兽医学院。父亲在上大学二年级时，就已经小有名气。他有许多爱好，尤其擅长音乐和体育，在上学期间就被聘为甘肃省运动会的垒球裁判，那时军区护校就有一个女子垒球队，父亲被军区护校聘为垒球队的教练。

垒球与棒球相比，所需的场地小，球体大，球速慢。20世纪上半

小西湖往事
——忆兰州军区总医院大院的快乐童年

叶垒球运动风靡美国，随着第二次世界大战中美国势力的扩张，垒球运动在全世界得到迅速的推广，又逐渐演变成为女子运动。兰州军区护校女子垒球队有个较有名的投球手费舜玲，还有一个有名的接球手何茂龄。何茂龄的哥哥何晋龄是我父亲上师大附中时的同学与好友，他后来到武汉军区工作，现在还经常与父亲通电话，也都八十四五岁的人啦。父亲还记得全国垒球赛在大连举行时，还在上大学的父亲被特邀作为甘肃代表前往，那时父亲还在读书，又在勤工俭学，父亲怕耽误学业与工作，便没有参加。

军区护校的学生毕业后都在总院工作，何茂龄后来结婚时在双城门租了一间房子，邀请父亲参加她的婚礼，过了几年她就调到别的部队医院工作去了。

总院的女护士们（右二是沈嘉玲）（照片提供者：杜桂珠）

小西湖 第一章
——父母相遇相知的地方

这时,总院领导几次找我母亲谈话,提醒她,她是革命军人,因为我爷爷的身份问题不能和我父亲骆林结婚。

母亲受到领导的警告后回去大哭一场,耳边响起领导的话:"他家里不是一般的地主、富农,解放才几天,你还要不要前途?还愿不愿意在部队干了?婚姻是自由,是可以批的,但是你是革命军人,回去好好考虑考虑,尽快地了断,相信你是有觉悟的,记住自己是革命战士!"但是母亲真是特别地喜欢我父亲,她想来想去,父亲骆林早已把自家情况与母亲讲过,并告诉母亲准备登报声明与父亲脱离父子关系。父亲骆林告诉母亲,他积极参加学生运动,上街游行,其父骆力学曾劝说他与后母一起先坐专机去香港然后去海外,离开兰州远走他乡,他坚决不去,并且很期待共产党取得天下,建立一个崭新的国家,老百姓当家做主。他要加入这个改天换地、轰轰烈烈的革命时代,做时代先锋,与大家一起建立一个美好平等的社会。

母亲郭启荣因此纠结了一个阶段,内心挣扎了很久。她就是觉得离不开父亲,她被炽热的、浪漫的爱情冲昏了头脑。她相信党有政策,骆林是个好青年,他热爱党、热爱新中国,积极参加校内各项活动,上大学期间组织歌咏队与乐队,经常演出宣传革命思想,又能自食其力,只要他们两个齐心合力加倍努力工作,报效国家,没有过不去的坎儿。

军区护校的护士们和他们的老师黎秀芳及张开秀（照片提供者：杜桂珠）

护校女护士（中排左五为郭启荣）

小西湖 第一章
——父母相遇相知的地方

护校女护士（左四为郭启荣）

新中国成立初期，我的父亲骆林正上大二，那时流行一个火线剧社的傅铎作品歌剧《王秀鸾》，讲述了抗日战争时期的一个女劳模在根据地带领大家开展生产自救，积极支持八路军抗日运动的故事，这部歌剧曾经是解放区四大名剧之一。父亲骆林稍加整理并由他导演，让他的四年级学生王亚男担任主角B角，A角则由总院妇产科清洁工的女儿，父亲五年级的学生王××担任（名字实在想不起来。父亲上大学时勤工俭学，在当时的福利小学即西湖小学，也就是后来的七里河第三小学教授音乐，这个学校由总院和当时小西湖旁的其他3个单位合办，校长王瑚是总院的留用人员，也是父亲的好友）。演出非常成功，当时首演在总院的礼堂，演出场地被围得水泄不通。后又在小西湖桥头下的13病房演出。这个剧可看性强，有故事、有情节，演出后很轰动。七里河附近的单位，纷纷邀请他们去演出。因此，父亲名声大噪，红极一时，兽医学院也因此表扬了父亲。

王亚男、王亚卿姐妹那时同住在总院大院花墙里的叔叔王颖梓（总院政治部主任）家中。那时是供给制，她俩在总院大灶吃饭。她俩同在福利小学上学，都是我父亲的学生。父亲对人热情、开朗，因此与许多学生的关系都很好。父亲热爱运动，周末他常带领他的学生们去远足、爬山等，每次出游都少不了她姐妹俩的身影。那时师生关系都处得很好，后来父亲母亲结婚了，周末母亲休息时会做了饭，让父亲的学生来到家里小聚。我当时还没满月，亚卿已去宁夏，王亚男就迫不及待地首先跑到我家去看我长得什么样子。

王亚男姐妹俩现在都健在。亚男在山东济南医学院任儿科主任医师，住在济南。妹妹亚卿在西安第四军医大口腔医院工作，现在西安生活。直到现在，逢年过节，姐妹俩还要跟老父亲打电话问安，60多年的师生感情现在还存在，让我感动。我最近才知道，亚男姐妹俩的婶婶是我母亲郭启荣上护校时的同班同学杜桂珠。

我父母亲的结婚照

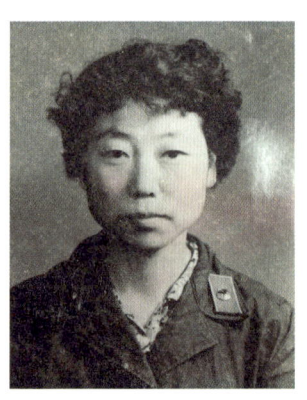

郭启荣

第一章 小西湖
——父母相遇相知的地方

  1953年年底,母亲还是向上级递交了结婚申请书,上面批了。1954年元旦,刚满21岁的父亲和母亲结婚了(父亲上师大附中时曾经跳了一级,这时正在上大四)。当时父亲的学生即《王秀鸾》歌剧中的A角王××,家在总院旁边的七里河有许多房子,又有大院子,还有花园。父母亲租了她家一间房子做婚房,母亲的同学和同事及父亲的学生们都来帮助布置婚房,婚房布置得简朴又温馨。婚礼简单,双方亲属都没有来,双方年轻人来了许多。父亲的导师郝教授代表家长讲了话,同学们、朋友们和战友们真心为他俩祝福,赞扬母亲的坚持、执着和勇敢。大家还很羡慕他俩。他俩从认识到结婚速度快得有点儿像现在的闪婚。

  在物资匮乏、生活简单的那个年代,有信仰的人对生活的热爱、对美的追求、对党和国家的歌唱都发自内心的真诚。

  年轻时是最美好的时光,尽管生活清苦,但生活颇有诗意,父亲骆林与学院和总院的喜欢艺术的朋友们及他的学生们,经常在小西湖畔亭子或黄河边的梨树下切磋艺术,载歌载舞。

  他们欢快地唱着:

    小西湖畔春来早,湖周处处青青草。

    青春朋友来相聚,妙美时光人意好。

    假日休闲何处去,湖边放歌有情趣。

    你方唱罢我登场,琴声悠扬歌声响。

小西湖往事
——忆兰州军区总医院大院的快乐童年

野花飘香岸柳翠,歌舞妙曼人欲醉。

总院湖区成一景,朋友湖边来相会。

父亲骆林大学毕业后被分配到了甘南兽医研究所工作。

第二章

童年的小西湖，最初的乐园

1954年的冬天，我出生在兰州小西湖畔陆军总医院，4岁之前的事我一点儿也不记得。我4岁多一点儿随母亲去新疆一趟，至今记忆犹新，小的时候人们都说我很聪明，很可爱，记忆力超好。

记得去新疆是夏天，路途遥远，要走一个多星期，那时候新疆还没有通火车，我们坐一种叫"蹦蹦车"的长途汽车。20世纪50年代的人单纯，互相信任程度高，在路上同行的人都爱逗我玩，帮我母亲带我。在车上一个星期，就我一个小孩儿，大家都把好吃的给我吃。到了乌鲁木齐，我的第一印象就是乌市好漂亮！广场比兰州的大，有花、有草、有较高的楼，那时我真高兴啊，不用上幼儿园了，而且是母亲和我第一次这么长的时间在一起。

我到现在还记得，姥姥家在乌市团结路140号。到了姥姥家，姥姥乐得合不上嘴，每天给我煮一个鸡蛋吃。那可是稀罕物，那时小姨和姥姥在一起住，小姨家的小凤妹则没有鸡蛋吃，每天看我有鸡蛋吃，小凤妹就闹着也要吃，家里就一只鸡，来不及下蛋，没有她的份

4岁以前剃男孩儿头的我

儿，小凤妹因此就大哭不止，从来也不和我玩。

姥姥家有一只猫。那只猫还会上树，我真喜欢它。这也是我第一次见到猫这种可爱的动物。那只猫很机灵，不让我摸它。在新疆住了半个月，那时候我天天黏着母亲让她抱我，生怕一眨眼她就不见了。

在新疆待了半个月返回兰州之后，我又被送进总院的幼儿园。

从我记事起，我就在幼儿园。我母亲结婚以后慢慢感到压力，为了摆脱我父亲家中给她的影响和阴影，她拼命工作，几乎天天加班不管我。小时候，我大姨带过我，保姆也带过我，那时从新疆到兰州还没通火车，我的小脚姥姥从遥远的新疆辗转来兰州带了我近一年。终于我3岁了，可以上总院幼儿园了，母亲大概一个月只能接我回家住一晚上，其余的时间她都用在工作上了。

童年记忆最深的就是我大姨、沈阿姨和露西一家，还有一个小李阿姨。小时候经常在大姨家，大姨父在兰州书局工作，是业务主任。他又高又胖，大大的脸，不爱笑，从不跟我说话。他很忙，他一上班去，我就翻天了，在炕上翻跟头折蜻蜓。在大姨家比在自个家自在多啦，想干什么就干什么，想摸什么就摸什么，我可以尽情地跟大姨撒娇。大姨还有三个女儿都在上学，姐姐们都非常喜欢我，干什么事都让着我。大姨的饭做得可香了，每次去她家都有好吃的，有时大姨会给我一把大豆，有时给我两块水果糖，每次都让我快快地吃，别让姐姐们看到。我用小手绢包好放在我的口袋里，慢慢地吃。大姐、二姐看到我吃独食，都装作没看见，小姐姐看到则会问我："小林林口袋里鼓鼓的是什么呀？"我就会老实地回答是大姨给我的大豆，小姐姐就

童年的小西湖，最初的乐园 第二章

会噘着嘴，向大姨要，大姨没有就轻轻打她一下，说她不懂事："小林多可怜，没人疼……"小姐姐开始哭，我就跑到她面前掏出大豆来给她，小姐姐就破涕为笑："小林林真乖！"小姐姐只拿五六个大豆就说："你自己吃吧。"

大姨家住在小沟头的一个四合院里，院子里住着四五家人。整个南面都是大姨家的房子，大姨每天把家里收拾得干干净净的，手里经常有活，织毛衣，补衣服。我每次一看大姨干活，就让她背，让她抱，尽情地跟她撒娇，折腾大姨，在她怀里扭来扭去，一点儿也不乖。大姨经常说："小林林是小猴是吧？是属猴的吧？"我说："我是属马的，是小马驹！"我于是就学马跑，我举着两只小手呱嗒呱嗒地在家里跑。以前每家很少吃肉，大姨家还算富裕人家，所以每次我去，就有一块藏了好几天的比较咸的肉给我吃。我从小就爱吃肉，每次去大姨家的第一件事就是找肉吃，习惯成自然。有一次就没有肉，我的嘴噘得高高的，原来是大姨父发现后就吃了。那时大姨经常会觉得我长住幼儿园可怜，在总院时，我们家就我一个孩子，所以我每年都有新衣服穿，而别人家的孩子他们都穿的是姐姐哥哥剩下的旧衣服，许多孩子身上的衣服还有补丁。小朋友都羡慕我的新衣服，我觉得我一点儿也不可怜。

有时，爸爸的导师兽医学院的郝教授会让女儿郝阿丽周六去幼儿园接我，在他家住一晚。他家有一架钢琴。那是我第一次接触钢琴，当我把手放在琴键上时，钢琴突然发出了巨大的响声，吓了我一跳。一次回幼儿园时郝阿丽阿姨给我的一块叫巧克力的东西真好吃，我一次咬一点点，慢慢地把它吃完。

小西湖往事
——忆兰州军区总医院大院的快乐童年

入团宣誓留念（照片提供者：杜桂珠）

总院外科的沈嘉玲阿姨，是母亲上两届的学姐。她非常喜欢我，经常到幼儿园看我，有时会接我出去玩儿，之后再送回来。她是外科护士长，外科工作很忙，偶尔她星期六会接我出去，晚上看电影之后在她宿舍住一晚上。我特别喜欢沈阿姨，因为她长得特别漂亮。那时候每星期六晚上总院礼堂就会有演出或电影，我所见过的电影里的演员及在总院慰问晚会上演出的演员，没有一个比素面朝天的沈阿姨漂亮。

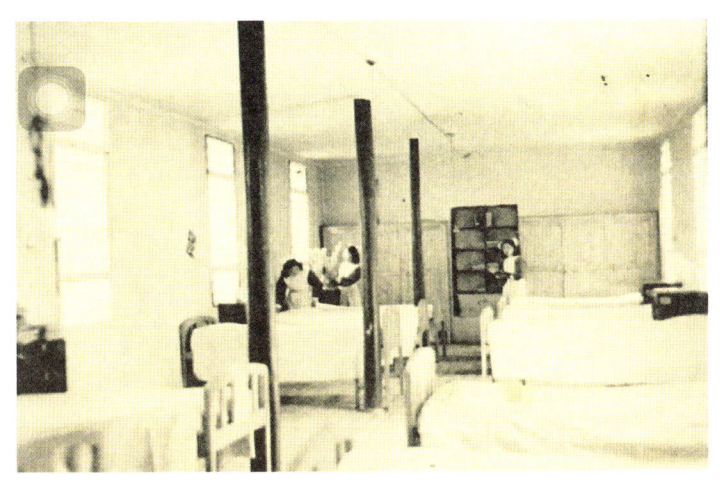

在总院教室的女护士们（照片提供者：杜桂珠）

沈阿姨接我的次数没有大姨和小李阿姨多。沈阿姨的个子有一米七，人长得高挑丰满，皮肤白皙，吹弹可破，最动人的是她那双美丽的眼睛，睫毛又密又长，巧笑顾盼、眼波流动，牵动着多少人的心。我听别人说她的眼睫毛是假的，所以有时爱揪她的眼睫毛，但就是揪不下来。她的头发又黑又浓，扎粗粗的辫子，走起路来飘逸多姿，如风摆杨柳，同样的军装穿在她身上就能穿出不一样的效果。沈阿姨和我走在路上，男女老少无不对我们行注目礼，回头率非常高。沈阿姨的美丽是公认的，她身上有一种无法言说的高贵气质，这种气质与生俱来，不可模仿。这是我长大了以后慢慢懂得的。

我小时候鼻子很塌，沈阿姨每次来接我，第一件事就是先捏我的鼻子，我就感到很疼，不让她捏，她就说小林什么都好，就是塌鼻子，你爸你妈都不是塌鼻子，你咋回事？（我现在不是塌鼻子了。）

小西湖往事
——忆兰州军区总医院大院的快乐童年

一天,沈阿姨接我,我一个劲儿地看她的眼睛。她说:"你今天怎么了?"我说:"我听别的阿姨说你的眼睛会说话,我看了半天也没见说话呀?"于是我俩叽叽咕咕地笑起来。

沈阿姨喜欢唱歌、跳舞、朗诵诗歌。她非常活跃,会带我去小西湖边捉蜻蜓、捕小鱼、玩蝌蚪、赶蛤蟆,去黄河边看日落。我们曾经并排躺在医院草地上,看天空云卷云舒。我喜欢听阿姨唱歌,喜欢看她跳舞,她喜欢唱外国歌,我虽然听不懂,但很好听。阿姨会在草地上跳舞给我看,我也会在草地上跳来跳去。她跳她的,我跳我的。

沈阿姨还会讲童话故事给我听,丑小鸭、灰姑娘、白雪公主的故事可好听了,她讲起故事来绘声绘色,还有动作声音,让我越听越兴奋,不像大姨的故事,尽是秀才进京赶考,又招了驸马,陈世美之类的,我听着听着就困了。沈阿姨会一首接一首地唱苏联歌曲,优美动听。我从小听惯了外国歌曲,尤其是苏俄音乐,与其说继承了父亲的一点音乐细胞,现在想起来其实也有沈阿姨的启蒙。我对沈阿姨印象深刻,包括细节,可能是因为她的美丽,尽管她接我的次数不如大姨和小李阿姨多。我七八岁时,她因工作需要,调入西藏军区。

那时总院妇科的小李阿姨经常周六接我先去大灶吃饭,然后看电影或者演出,晚上住在她的宿舍。她的宿舍有四个阿姨,都比较年轻的样子。小李阿姨没有沈阿姨漂亮,但一双黑油油的大辫子特别喜人,因此我叫她大辫子李阿姨。小李阿姨在妇产科和母亲一起工作,她特别喜欢小孩儿,她虽然不会跳舞,不会唱歌,不太会讲故事,但是她真的特别喜欢我。(我最近才知道她叫李淑英,又叫李旦儿。我非常想念她，可惜她已病逝。）

我在幼儿园乖巧懂事，经常帮阿姨摆碟摆碗、摆桌摆凳，所以阿姨都喜欢我，对我不错，其中有一个阿姨对我特别好，星期六值班时会让我和她睡在值班室里（值班室只有一张单人床，可是我忘记她姓名了）。

星期六，家长下班后陆续接走小朋友，我眼巴巴地希望有人接我，除了想回家，总院礼堂星期六会放电影或者有演出，我也想看。母亲要工作，不容许我回家。有时候大姨来接我，有时候是小李阿姨，有时候是沈阿姨。如果大家都有事，我就惨了。我一人晚上睡在黑黑的宿舍里，被子蒙着头，脚露在外面，睡在床上大气也不敢出。老鼠在地下找东西时发出窸窸窣窣的声音。我非常怕老鼠。因为害怕夜里起夜下地坐便盆，我有时会尿床，所以阿姨们会批评我，值班阿姨星期六晚餐时就不给我喝汤水。

周末有时没人接我，慢慢我学会了自己玩儿。幼儿园里院子很大，中间有草坪，星期天有太阳的时候我就躺在草地上看蓝天上变幻莫测的云朵。白云有时候像兔子，有时像老虎，清风徐来，万籁俱寂，天空有飞鸟掠过树尖，远处有不知名的鸟在歌唱，麻雀在树丛叽叽喳喳地细语，那种感觉妙不可言。阿姨给我两张纸，教我叠纸，我就学会叠小鸭子、仙鹤、天鹅、桌子、椅子、娃娃等，一张纸，我一人能玩儿一下午。

小西湖往事
——忆兰州军区总医院大院的快乐童年

飒爽英姿的母亲的战友们在黄河边

幼儿园从园门口到园里,一路都是几十年的大槐树,也有很大的榆树,树荫很大。夏天夜里,星期六的时候,门房爷爷和值班阿姨聊天(因年代隔得太久,所以我这时候记得那个爷爷,又好像进医院那个大门的门卫侯爷爷,两个爷爷形象叠加在一起了)。只有大门口一盏昏暗的灯,许多小飞蛾和小飞虫围绕着那盏灯不停地飞。我坐在小板凳上,仰望着星空,银河像一条乳白色的纱巾飘在空中。沈阿姨曾经告诉我,银河又叫"天河",是由无数的恒星组成的。她教过我认识星星:牛郎星、织女星、北斗七星、天狼星……多得我记不住。我喜欢夏夜的星空,银河从东北方向向南横跨天空,宛若缓缓的溪流,但一泻万里,我会经常看见流星快速划过夜空,掉下来无影无踪。很少能看到流星雨,那可真漂亮!我第一次看到流星雨,就像仙女从天上撒下一把银色的珍珠漫过漆黑的夜空,又像白色礼花从天而降,速度很快。当我激动地大叫时,爷爷和阿姨抬头看,只能看到流星雨快

童年的小西湖，最初的乐园

没了的情形，没有那么壮观了，爷爷则说夏天经常都能看到，这没啥稀罕的。

星期天白天，我会趴在树下看蚂蚁搬家、打架。也不知道哪天，当时我5岁左右的时候，从什么地方来了一只黑白花的小猫，它好像刚断奶，才两三个月大的样子。记得大约是个星期六的晚上，我刚躺下，好像听见有小猫叫，弱弱的，我壮着胆子跳下床去开门，借着明亮月光看到一只小小的猫咪冻得发抖。它冲着我喵喵地叫着，好可爱呀。我好高兴，用手摸着它的头，它就用粉红色的小舌头舔我的手。它的小舌头上有刺，舔得我好痒痒，酥酥的，我小心地把它抱进屋里，它不怕我。我把它放在我的床上，它钻进了我的被窝，我也钻进了被窝。我抱着它，它的毛好柔软。我问它："你是不是在找妈妈呀？你妈妈是不是很忙呀？她是不是不管你啦？"猫猫喵喵地叫着。我一动手，它就看我的手。我想它是饿了，可是我没办法，天黑我不敢去厨房里边儿。我对猫猫说："你要乖乖的，明天我早早去给你弄东西吃好吗？"它好像听懂了，不叫了，一会儿我就进入了梦乡。

第二天一早一睁眼，看见猫猫卧在我的枕畔静静地看着我，眼睛是黄绿色的，像宝石一样，非常漂亮。我从床上跳下来，飞跑到厨房从笼屉里拿了一个马蹄子（一种面食，一层苞谷面，一层白面），我给它一块，它闻了闻不吃。我抱着它，走到草地上去晒太阳，我吃着马蹄子，阿姨也起床看见我抱着一只猫，我就说它不吃东西啊，阿姨说这么小要嚼着给它吃，我就给猫猫嚼过喂它，它果然吃。猫猫很聪明，它一会儿就不吃苞谷面了，只吃白面，我就给它白面吃，我吃苞谷面的。猫猫是黑白花的，我就叫它花花，我终于有个小伙伴能够周末时陪我，我好高兴呀！

花花来了以后，老鼠就不到我们宿舍来了。

星期天晚上，小朋友们都陆续回来啦，花花就躲了起来，后来它就在厨房里安了家。周六如果没人接我，它就和我一起睡觉、玩耍。有了花花以后我不寂寞了。白天有太阳的时候它就在草坪上晒太阳，它只认我，别的小朋友摸它可以，但不让抱。看见我一个人的时候，它就围着我转来转去，有调皮的男孩揪它的尾巴，我就和那些男孩吵架。阿姨都说骆小林啥时候变得这么厉害了。花花看到男孩子就跑得远远的。

有了花花以后，我的生活变得多彩起来，厨房叔叔给了我一个破纸盒，我不知道从哪儿找了一块儿破麻袋片，铺在纸盒子里放在门背后做它的小窝。周六晚上剩下我一个人时，花花就在这里睡觉或和我睡。慢慢地，我也不怕夜里起夜啦，花花会陪我，我也不蒙头睡觉了。花花经常在我的怀里扭来扭去，就像我在大姨怀里扭来扭去地撒娇一样。花花的眼睛有时是绿的，在不同的角度和明暗光影里呈现的又有蓝绿色和黄色，非常美丽。

又一个星期六的晚上，门房爷爷又与值班阿姨聊天，我就和花花看星星。天上群星闪烁，有时有扫把星，长着长长的尾巴；有时又有流星，大姨曾经说一个流星代表地上死了一个人；还有许多会走的星星，沈阿姨曾经说过，那叫行星。星星还有白色的、淡蓝的、发黄的、发红的，我最喜欢月亮和星星，月亮圆时像镜子，有时像小船，有时又像弯钩。我教花花认星星和月亮，它就是不抬头，一点也不听话，我就用手点着花花的脑门批评它不爱学习。

春夏日晚上，小西湖里的蛙鸣声大得能传遍整个幼儿园的夜空。蛙们每天好像都在开音乐会，有独唱，有合唱，高音、低音、中音交织在一起，奇妙异常。蛙声有舒缓，有急促，有粗鸣，有尖脆，轻重缓急发出不同的叫声，汇成一曲美妙的交响乐。我抱着花花坐在小板凳上，在月夜下听蛙鸣别有一番滋味。我仔细倾听，分辨着，并对花花说哪个是蛙爸爸叫，哪个是蛙妈妈叫，还有蛙王、蛙儿子。在有柔风的夏夜，我绘声绘色地把我所知道的故事都一个个地讲给花花听，花花好像听懂了，乖乖地睁着圆圆的大眼睛盯着我。我稍一停顿，它就"喵"一声，一个故事完了，它就"喵喵喵"，然后就舔我。它的舌头上有刺，舔得我痒痒酥酥的，它舔完我的手、胳膊又舔我的脖子和脸，惹得我叽叽咕咕地笑……

夏天夜空中经常会有夜蝙蝠飞来飞去捉蚊子，但我不喜欢它们，因为它们长得像老鼠，我最害怕讨厌的就是老鼠，这时候花花就会在地上抬起头随着它们一会儿跑到那儿，一会儿蹿到这儿，最后无奈地回到我身边，不甘心地小声喵喵地叫……

星期天下午我就会帮食堂的叔叔阿姨择菜。园里有许多的槐树，一到四月底五月初，金城六月落槐花，几树槐花满院香。厨房的叔叔爬到树上，用自做的工具，打下槐花，我的

5岁时的我

任务是拿个篮子，一会儿就捡一篮子。我又捡了一篮子榆钱儿拿到厨房交给阿姨收拾干净。叔叔阿姨们给我们做榆钱花卷，蒸槐花糕，烙槐花饼，香死人了！

大人们忙着为我们做饭，我也要做，我站在一个凳子上，在案板上揉面玩，一会儿捏一个兔子，一会儿捏一个小鸟……

记得大约是爸爸快从甘南回来之前，好像是要过中秋节，妈妈把我从幼儿园里接出来，打扮得干干净净、漂漂亮亮的，领着我去妇科主任李馥孝家做客（这件事因年代太久，好像是李主任，咋又好像是刘莫逸阿姨家。刘是我妈妈的好友，又是她的同学。又好像是郭瑞兰阿姨家，她是我父母的朋友，又是我妈的同学，但郭、刘两家又不住小楼，还应该是李主任家）。

妇科主任李馥孝家在总院花墙里的专家楼。那里十分幽静，绿树浓荫，花木婆娑，青灰色的古朴的二层小楼，掩映在碧树丛中。见到李主任，母亲不知让我怎么称呼主人。李主任长得很年轻、很标致，气质典雅，温婉出尘，举手投足间散发着知性温柔的气息。我叫奶奶不合适，叫阿姨也不合适，李主任说叫她李妈妈就可以了。我说李妈妈好！她爱人去外地开会了，李妈妈家有个和我差不多大的小男孩，好像叫元元。李妈妈家墙上有很好看的画，这种画和我平时常见的画不一样，餐厅墙上的画，上面有苹果、葡萄、橘子、杯子等，像真的一样。我很奇怪，阿姨家的地板好像是红色的。这一天吃的是一种叫蛋糕的东西，非常好吃，好像是李妈妈自己做的，还有白面包，夹着香肠、西红柿、绿菜，奶油也很好吃，还有一种叫"咖啡"的饮料，李妈妈拿了个精致的盒子，里面装着雪白的、方方的糖，李妈妈说，咖啡苦自己试着加。我放了一块儿糖，搅了搅，尝了尝，苦，就又放一块方糖，还是苦，又放了一块儿，还是苦。我看到母亲瞪我，我就瞪着眼睛看母亲，李妈妈说你不看妈妈，苦就放！我又放了一块儿。那天我一点儿都不乖。咖啡是越喝越香。吃完饭，小男孩就到楼上去了。他非常安静。李妈妈看我老盯着墙上的画看，就拿了一本画册让我看，她告诉我这是油画册。我第一次看到这么逼真的油画，画册里人物衣服的皱褶、纹理、垂感、质感，人物头发的光泽都显而易见。我从没有看过这种画，我静静地看着，非常喜欢。

告别李妈妈，我们行走在回家的路上。母亲告诉我，李妈妈医术高明，几次坐专机去北京给中央首长和他们的夫人们会诊瞧病。李妈妈给我的感觉和别的阿姨及妈妈的同事战友不太一样，那时我说不清是啥感觉，后来长大了，懂得那就是高贵脱俗，我喜欢这种感觉。

我们路过小西湖，看到玉兔东临金蟾洒辉。望着那圆圆的月亮，我和母亲都不由自主地停下脚步，明月皎洁，天上一个月亮，水中一个月亮。我想，这时候母亲一定是在想爸爸了。我对爸爸没有概念，月亮有阴影，我想那一定是嫦娥和玉兔。秋风微微地吹动着我的衣衫，路边的花草丛中虫声与水中最后挣扎的蛙鸣连成一片，空气中弥漫着醉人的不知名的花香，芦苇沙沙地响着，小西湖的夜景真的很美！

风吹荻花落，

夜阑花影深。

小西湖往事
——忆兰州军区总医院大院的快乐童年

月下秋虫鸣，

水中蛙鼓声。

远星天边寒，

夜鸟云中落。

柳影风中摇，

月圆人不圆。

不知道李妈妈和母亲说了些什么，今天母亲很高兴。这天晚上我和母亲睡在一个被窝里，这是我有记忆以来唯一的一次，那天晚上我睡得很香。

大约是我6岁的时候，半夜我正在大姨家睡觉，忽然听到大姨在喊我，我困，故意不答应继续睡，大姨使劲儿摇我，我故意不醒来，最后大姨就揪我的耳朵，没办法我只好睁开眼睛，看着我的脸上面，有好几张脸。我看见母亲、我大姨都在笑，我一眼就看见那个高高尖尖的鼻子。大姨说小林你看谁来看你来了？我说是爸爸。他们都惊啦，大姨说："这孩子咋这么聪明呢，你怎么知道是爸爸呢？"我坐起来没回答，只是好奇地看着这个爸爸，大大的眼睛，双眼皮，鼻子又高又直，就是怎么那么黑呢？穿着一身咖啡色的皮夹克，就像电影上的美国飞行员。他抱起我，我就让他抱，谁让他是我爸爸呢，脑子里却在想美国大鼻子想吃中国的酿皮子。

已是半夜了，大姨喜笑颜开地急急忙忙地给我们做了一顿饭，我们在大姨家吃完了饭，然后爸妈给我穿上棉袄告别大姨、大姨父。爸

童年的小西湖，最初的乐园 第二章

爸背着我和母亲一起离开小沟头的大姨家，冒着凛冽的寒风回小西湖自己的家。

最近所有的人见到我说的话题都是我爸爸快回来啦，不管是大姨、母亲还是沈阿姨、小李阿姨，还有邻居尹伯伯和谭灿阿姨，我都听烦了，我没有见过我爸爸，而现在我在爸爸温暖的背上，一会儿就睡着了。寒风凛冽，心情暖暖，爸妈就这样在寒冷的冬夜从小沟头一直走到小西湖。

我在家住了三天，爸爸给我讲故事，还给我买了小人书。本来爸爸还说要带我去五泉山玩，但家中时时来人，川流不息，热闹非凡，这个来了那个来，咋那么多人？真烦！我不高兴，但是没人理我，三天就这样过去了，我又回到幼儿园。

父亲回兰州后母亲经常与父亲去城里看戏。母亲以前不爱看戏，但是因为父亲看，父亲喜欢的东西母亲全都感兴趣，开始还带我，我爸爸说让小林多看各种戏剧，培养她的素质，可是我除了爱看好看的电影，爱看动画片外，对任何戏剧都提不起兴趣。任何戏剧在我眼里都是一个样的，京剧、歌剧、话剧、越剧、秦腔、豫剧等，一开场我的眼皮就打架，昏昏欲睡，我在十分钟内一定会睡着，雷打不动，经常看完戏剧公交车早没有了，父亲就得背着我回家。我又胖又重，父亲就叫我小死猪，我经常看完戏后睡着，一觉醒来已经是第二天早晨了。几次以后他们就不再带我看戏了，我又回了幼儿园。渐渐地，他们周末不再接我了，我又回到以前的生活。

一天，小李阿姨带我去了黄河边，碰到戴白帽子的男人挑着担子叫卖一种叫"酿皮子"的东西，给我买了一碗，那是我第一次吃，真好吃。阿姨告诉我，这是兰州小吃，都是回族人在卖，男的戴白帽子，女的戴头巾。在黄河边，果然看到有女的戴头巾。头巾有黑的，有白的，还有绿色的，是纱做的，挺好看的。

一次，从总院食堂吃完饭，我们又要去礼堂看电影，小李阿姨要去跳舞，把我托付给一个小男护士照看。电影正片前就会有动画片、纪录片，然后才是正片。以前电影大多都是八一电影制片厂的，打仗的居多（那时是黑白片），开片时画面就是五角星闪闪发光，音乐声起：向前，向前，向前，我们的队伍向太阳，脚踏着祖国的大地……这时总院的小孩们和伤病员们就拼命地鼓掌，直到正片开始。这天的片子不是八一的也不好看，我就不想看，于是小叔叔把我送到食堂门口。食堂在礼堂的旁边，灯火通明的，乐声震天，我看到人影在灯影下面晃来晃去。大人真奇怪，对跳舞这种事这么着迷，一个个兴奋得脸都红了，有的人还出汗，眼睛放着光。这时我看到了爸爸，他很忙，一刻都不闲着。他跳舞时，我就跑到他后面跟在他的后面"爸爸，爸爸"地叫他，他就会说，乖，一边待着去，去找阿姨去。

跳舞的阿姨们大多数都不穿军装（新进来的年轻护士还是穿军装），大都穿的是绸缎做的柔美、丝滑的对襟和斜襟上衣，有各种精致的盘扣镶在衣间，有的衣领间有亮闪闪的领花，灯光打在上面璀璨夺目，非常美丽！那个时候还有人穿旗袍呢。穿旗袍的阿姨一个个婀娜多姿，很是端庄优雅。夏天，阿姨大都穿"布拉吉"（像裙子一样的服饰）。我母亲也有旗袍，还有两个亮亮的领花，一个小鸽子，一个是双桃心的，我因特别喜欢那领花，在母亲要把它们扔了时我藏了

童年的小西湖，最初的乐园 第 二 章

总院住院部大楼的侧面 （照片提供者：杜桂珠）

起来。这种领花我从来没见市面上有卖的，直到 2005 年以后，市面上就陆续出现了。舞场上经常有调皮的小朋友在跳舞的人们中间穿梭，互相追逐着跑来跑去，我也一样，有时小孩太多了，叔叔们就把我们哄着轰出来……

爸爸从甘南回来后，母亲偶尔也去舞会跳一次舞，每次跳舞，她的脸也是红红的，很兴奋的样子。

渐渐地，总院的女护士们周末都不穿军装了。女护士们开始烫发了，母亲把长辫子剪掉，烫个花花的头，好像电影里的洋太太，但我看总院所有的烫头的阿姨，烫了头之后都比原来的面相老气一些。小李阿姨和其他岁数小的护士一样没有烫头，黑油油的大辫子叫人喜欢，沈阿姨好像也没烫头，只烫了刘海，她和小李阿姨就显得

6 岁时的我

比同龄人年轻多了。

我梳了辫子后，就有了好几条颜色各异的绸带，是阿姨们给我买的，可以在辫子上扎美丽的蝴蝶。幼儿园阿姨三天才会给我梳次头，她们说骆小林的头发怎么这么多呀？（我年轻时头发就是比别人多，辫子比别人粗，有点儿像小李阿姨的辫子了，后来想，也许是因为从小到4岁我都在剃光头，头发才长得又粗又黑的。）

上一年级了，妈妈还是不让我回家。那时已经是三年困难时期，部队保证供应。父亲后来改人医，却因家庭问题只能在农村里当大夫（在农民家吃派饭，农民对大夫特好）。他们都很幸运能吃上饭，我就惨了，吃饭前阿姨就给小朋友每人一碗水，喝完了才给盛饭（那时晚上小朋友们都普遍尿床），我们每天饿得肚子咕咕叫。后来粮食没有啦，瓜菜代吃得最多的是甜菜、甜萝卜，有一种腥甜的味道，现在想起来都想吐。春天还好，树上有槐花、榆钱、柳芽，地上有辣辣根、野菜、苦苦菜等。我记得，食堂阿姨每次都要把柳芽和苦苦菜用开水烫一下，不然它们会很苦很苦。困难时期后期连野菜也没了，野菜一出芽周围的市民早就连根拔掉了。

这几年我惨了，没有人接我，阿姨们只是来看我，除了大姨接我。我记得我大姨曾用一个金戒指换了多半袋子白面。不是阿姨们不管我了，是因为大食堂现在不让家属进了。大食堂门口，每天都有一帮孩子们眼巴巴地盼着父母出来能带点儿吃的，开始还行，后来形势越来越严峻，下班要检查搜身，食品一律不准带出食堂，他们必须在食堂里吃完了饭再走人。

没人接我，周末也看不上电影了，星期天我就和花花在一起，花花也不爱吃甜菜，但它已经会抓老鼠了，那阶段老鼠已经不多了，所以有时候花花找吃的一夜也不回来，也饿得很瘦。

那几年经常饿得头昏眼花，后来听人家说，部队的幼儿园还可以有甜菜和甜萝卜，其他地方的都没有什么可吃了。因为饿，我把沈阿姨给我买的抹手油全都吃光了。每当吃饭喝水时，小朋友们看见水就哭，阿姨也哭。我小时不爱哭，我很难受，我一吃甜萝卜、甜菜胃里就泛酸水，酸水咕咕往上翻（到现在一想起甜萝卜、甜菜我胃就不舒服）。我胃里难受想回家，阿姨嘱咐我快去快回（我虽然上学了，但是我在幼儿园占着一张床，我不属于那个班，只是在这里住，交伙食费和管理费）。

幼儿园对面有马圈、木工房，后来有一个小门直接就能进我们院，我们家很近，出园门向北穿过小树林，就到湖边了，向西走四五十米向左上坡，坡上有大柳树的地方就是我们院子。我们院子大多人叫服务社大院，也有人叫大柳树大院，好像由4个院子组成。我家在西边靠南的最里那个院子里，幼儿园到家跑着就5分钟的路。家里没人，我从窗户翻进去到处乱翻，什么也没

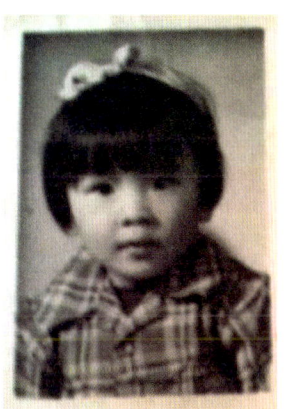

儿时的尹露西

有，只找了一块肥皂头，一口就吃了，还饿，就去隔壁尹露西家。尹伯伯在家，他看见我回来了就喊："露西，露西，小林回来啦！"露西不知道从哪儿飞快地跑回来，尹伯伯领着我和露西去厨房炉子底下，

小西湖往事
——忆兰州军区总医院大院的快乐童年

把炉灰刨开,从热热的炉灰里头刨出了好几块小小的洋芋蛋,我和露西赶紧去抢,却烫得直跺脚。尹伯伯说别着急,别着急,我俩跳着脚把洋芋蛋放在手里,在手里来回地倒,忍不住吃一口,又沙又烫又香又甜,几个洋芋下肚,喉管到胃里都热乎乎,那个香呀,那时觉得这是世界上最好吃的东西了!肚里有食,人也精神了,露西说:"你都上学啦?怎么不回家呀?回家我们还可以一起玩儿。"我说我妈不让我回来。露西还没上学,她比我小一岁多点,我跟露西玩了一会儿,我就说我下午还要上学呢,就跑回幼儿园。

我母亲和她的战友们,最上面是我母亲

记得以前只要母亲接我回家,到星期天下午,快送我回幼儿园的时候,我就跑到露西家去不出来。母亲就过来拉我走,我就不走。露西说:"阿姨,就让小林在我们家待着和我玩。"尹伯伯和谭阿姨也说:

童年的小西湖，最初的乐园 第二章

"你就别管了，你去工作吧，让她跟露西一起玩儿几天吧！"于是我就在露西家待几天，很自在，他们吃啥我就吃啥，吃得挺好，尹伯伯会钓鱼，还会打猎，有时就能吃到些野味和鲜鱼。

尹伯伯有时和战友一起到山上去打猎，带回野物回来给孩子、给家里人吃。在三年困难时期，露西基本上没有挨过饿，她对挨饿没有记忆。

沈阿姨离开兰州前送给我三块牛奶糖，那时兰州少有这些东西，我从没吃过也没见过牛奶糖，一直舍不得吃，后来实在太饿了就打开一个，真香啊！我咬下一半，含在嘴里慢慢吃，剩下的用玻璃纸把它包好，放在枕头底下。我们军人服务社什么都有，就是没有卖过牛奶糖（粮食也没有），花花鼻子可尖了，急不可耐地跳来跳去，我只好拿出剩下的半块咬了一点点给它，它吃一点，又咬一点给它，很快半块就没有了。我把剩下的两块牛奶糖藏进一个袜子，压在褥子底下。

第二天早上睡醒穿鞋时，我突然发现地上有一张糖纸，翻开褥子发现两块糖有一块不翼而飞。我想了想，一定是花花，就下床叫花花，平时一叫它就来了，可现在屋角的小窝里也没有，我把剩下的一块牛奶糖放在口袋里放好。直到晚上，花花才怏怏地靠近我，小声喵喵地叫着，好像让我原谅它，我不原谅它，一把抓过它，在它屁股上重重打了三下："坏东西，偷吃贼！"花花挣扎着叫着跑开了。花花还不是太贪心，给我留了一块，花花在墙角蹲着，可怜兮兮地注视着我，再不敢到我跟前来，谁叫也不理，也不吃甜菜也不喝水，我就不理它，它也不敢到我的床上来。

小西湖往事
——忆兰州军区总医院大院的快乐童年

第二天早上起来,我发现花花不见了,食堂里也没有,我要上学就没有去找它。中午放学后快快地回来,花花还是没有回来,我还有一块牛奶糖,我忍着饿没有吃,我要等着花花一起来享用,可是它就是不出现。晚上我在被窝又哭了。两天花花都没回来,我怕它生我气不再回来了。

第三天早上我正梦周公,感到我的手痒痒的,睁开眼睛一看,花花在舔我的手。它歪着茸茸的小脑袋看我,我高兴得要抱它,突然发现枕畔上放着一个小小老鼠,吓得大叫起来。小朋友们被吵醒,看到我枕上的老鼠,也都大叫起来。花花不知道出啥事吓得一溜烟跑出去了。阿姨听到了小朋友们叫,也跑进来,看到老鼠也大叫起来:"花花把老鼠叼到骆小林的床上了!"厨房的叔叔也跑过来看到之后说:"这是花花报恩呢,我家也养了好几只猫,其中有一只就是这样,麻雀呀,老鼠呀,壁虎呀……它把自个最爱吃的东西送给我们,花花可真仁义呀。"厨房叔叔提着老鼠对我说:"骆小林我炖给你中午吃!"我说我不要吃,叔叔说你不吃我们可就吃了,这年头,这可是好东西呀!叔叔高兴地提着老鼠去了厨房,我想起花花吓坏了赶紧去找,花花在墙角委屈地小声喵喵地叫着,啃着小爪子,我抱起花花说:"花花,对不起,是我错怪你了,但是以后你不要给我老鼠了,我害怕老鼠。"花花真好,老鼠可是它最爱吃的东西,前两天我骂了它,它就出去抓老鼠,抓了两天才抓了一只小老鼠,自己舍不得吃来给我。早上想叫我惊喜一下,结果又把大家吓了一跳。

童年的小西湖,最初的乐园 第二章

上天赐我,乖巧懂事小花猫,
会看眼色,从不惹是与生非。
男孩惹它,龇牙咧嘴会哈人,
与我亲近,舔偎顶靠喵喵喵。
跳转腾挪,捕捉害鼠凶如虎,
目光犀利,身手敏捷似闪电。
娇媚轻盈,美丽明眸如宝石,
聪明可爱,卖萌姿态爱煞人。
清冷周末,自从有你多快活,
漫漫长夜,寂寞童年好伙伴!
从猫身上,学会感恩与爱人,
仔细想想,人类有时不如猫!

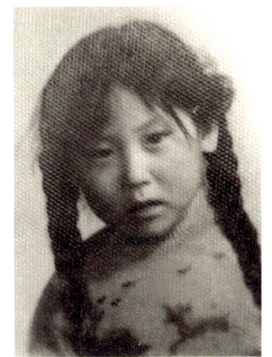

7岁时的我

第三章
与露西和小伙伴们相伴的日子

8岁那年我上二年级,我告别了阿姨们,告别了花花,不再上幼儿园了,花花在园门口一直喵喵地叫着,我想把花花领回家去,母亲不许。

我与母亲回到了家里,母亲要给我剪辫子,我就不让,母亲说大家都很忙谁给你梳辫子,我说我自己梳,母亲还是不同意,我就跑到露西家,母亲追过来,尹伯伯就说:"启荣,小林的辫子我来梳吧,每天要给露西梳辫子,一个羊也是放,两个羊也是放,你不用管了。"

和露西做邻居时我5岁她3岁半多,在幼儿园时我很少回家,每次回家后,就与她长在一起。我家就我一个孩子,露西有两个哥哥、一个姐姐。我没见过露西的姐姐,她的两个哥哥,有的时候在兰州,大哥叫尹迪武,小哥尹路路在幼儿园与我同班两年之后,就去了湖南老家。露西是常住兰州的,露西的爸爸尹伯伯是个老革命哪,三八式的干部,战争年代身上多处负伤,因常年爬冰卧雪患有严重的关节炎和其他病症,至今肺部还有弹片,属五级战残,有时在家里休息,是华林山上的102炮团的领导。

与露西和小伙伴们相伴的日子 第 三 章

困难时期一过，总院有三灶了，我就在总院的三灶吃饭，三灶最早在总院东北方向靠黄河边。三灶是给总院不开伙的家属和家中没人给做饭的孩子们开的。

三年困难时期之后，我们院子里的家属们就陆陆续续地养了鸡、鸭、兔等家畜家禽。露西家养的兔子最多，尹伯伯养花、养鸡、养兔很有经验。我们这排平房，和对面平房面对面两排，一排10多家，中间有很大空间，大杂院谁家来客人，有点儿事的，一会儿全院都知道了。每家门前都垒一个灶做饭，我们这排房子，是坐北朝南的，最东头第一家是露西家和我家合用的一个厨房，有二十四五平方米，露西家是第二家和第三家，第四家是我家。我们家是沾了尹伯伯老革命的光，有专门的厨房，但我家基本不开伙。厨房门口一大排木架上是尹伯伯养的花，花香四溢，生机盎然，有夹竹桃、无花果、绣球花等。家家门口空地很大，都垒了兔窝、鸡窝，露西家鸡鸭兔全有，只有我们家门前空着一大块地。西头倒数第二家好像是大乔阿姨家，大乔阿姨有个小小的宝宝，她家养一种英国长毛兔，连尹伯伯也没有这品种。长毛兔毛茸茸的，眼睛上覆盖着毛，全身也被长长的毛覆盖着，特别漂亮。

我闹着要养兔子，母亲不让，爸爸趁她上班时，在我家门口给我垒了个兔窝，尹伯伯送给我一对红眼睛的雪白的小兔子和一对小灰兔，我就放进去，母亲说要养自己养，大人可不管，我说行。

我上二年级时，这时候露西也上小学了，她和我不在一个学校，她在七二校，我每天放学后和她一起去湖边打草。开始挺新鲜，我每

小西湖往事
——忆兰州军区总医院大院的快乐童年

天打很多草，后来每天都是先玩，在湖边捞鱼、捞虾、捞蝌蚪、玩水、抓青蛙、抓蜻蜓、抓蝴蝶，然后再进医院里去拔草，在院里花园果园、灯光球场，在五号楼、六号楼周围东逛西逛，经常是草还没拔多少，开饭号就吹响了。于是我就飞跑着回家放草，然后飞跑着奔向三灶吃饭，经常去到的时候好菜都没有了。

有一天我家兔子的草不够吃了，母亲说："你才养了四只，你看露西家除了有鸡鸭外，还养的有十几只兔子，从来没有缺过食，不让你养你非要养，又不管。"我去看兔兔，早没草了，旁边的一个笤帚，被兔子啃得只剩一个把了。露西曾告诉我有一种草，我忘记名字了，长在湖边，兔子特别爱吃。我看那种草长在湖岸下面，浅岸边都没有，我不敢下湖深处去，又懒得进医院院里，于是露西说"我下去"，她就下湖去了，我拉着她，她揪了好多的草，我们都很高兴。露西忘乎所以，松开我的手一下滑下湖去了，我俩都不会游泳，我吓得大哭："救命呀！救命呀！"这时候湖边有用轮椅推着病员散步的战士飞快地跑过来，也没有顾上脱衣服就跳了下去，又有几个大人跑了过来，很快露西被救了上来，身上挂的全是水草。从此我们再不敢去湖边拔草了。小孩掉到湖里的事在总院是经常发生的。

我和露西经常玩儿过家家，好像永远是她当大夫，我是病人；她是老师，我是学生；她是太太，我是丫鬟；她是老虎，我是羊。

院里邻居大乔阿姨有个妹妹，叫小乔，长得挺漂亮，十五六岁的样子，头发梳得很别致，盘在头上，脸圆圆的，眼睛圆圆的，像个洋娃娃。小乔一来，大乔家就很热闹，欢声笑语，大乔家的叔叔就骑着自行车到院外去买肉买菜，阿姨忙着做饭，不多久肉的香味就满院飘飞。

小乔来一般都是星期六，我们就知道今晚有战斗文工团的演出（如果我没记错，小乔是战斗文工团的舞蹈演员）。

小时候生活在兰州军区总医院大院里的日子，是我一生中最难以忘怀、最幸福，也是一去不复返的日子。记得四五岁的时候到"文革"前，每星期六晚上大食堂都有舞会，大礼堂有电影或者晚会演出（礼堂和大食堂之间不到10米的距离），是对伤病员的慰问。

1954年，常香玉带剧团到总院来为伤病员慰问演出，受到总院全体官兵的热烈欢迎。那时总院经常会来一些有名的剧团和有名的演员慰问演出，我记得梅兰芳是1961年来慰问演出的，对于大艺术家们的慰问演出我们早已习以为常了。我因为不爱看戏，所以梅兰芳、常香玉来总院演出，我都不去看，宁愿待在家里看小人书。

经常来总院演出的还有战斗文工团，我最喜欢的是藏族军区歌舞团的火一样奔放的舞蹈，还有青海独师文工团的花儿凄美悠长，最难以忘怀的是记不清哪个军区的"男声四重唱"，演出歌曲大多是苏联卫国战争时期的歌曲。记得每次他们演出，台下的伤病员、其他病患、

小西湖往事
——忆兰州军区总医院大院的快乐童年

20世纪50年代，常香玉带剧团来总院慰问演出，
总院领导与常香玉一行人合影
（照片提供者：赵翔）

护理员和我们这些家属都和着他们的歌声，浅吟低唱，场面热烈，群情激昂，非常感人，台上台下歌声一片，仿佛把人们带入炮火连天的二战战场（在总院时经常看苏联卫国战争的影片）。"男声四重唱"好像来过两次，他们的演出，感情真挚，和声优美。每次看他们演出我都很激动，那时我就想，等我长大了我要女扮男装，我要当兵打仗，我也要成为"男声四重唱"的一员，成为那威武雄壮之师的成员。四岁多时，我对大姨说以后你星期六不要接我，我要看电影，看演出，平时接我就可以了，但是大姨虽然答应着，还是每次都星期六来，大姨说姐姐们盼着和你玩，平时要上学呢！

我一直想在总院大院能有个姐姐或者是妹妹就好了，但是那时我们家就我一个孩子，我想让露西叫我姐姐，她不干。一天我和露西在湖边玩，不知道怎么搞的，我的腿上就趴了两条蚂蟥，看着那黏黏的蠕动着的虫子，我吓得大叫起来，本能地用手去拨它，露西大喊别动，让她来。她在我小腿上的蚂蟥旁边"啪啪"拍了两下，那蚂蟥就掉了下来，她说："不能揪，揪了就断了，半个身子就钻到你肉里了，永远都出不来了，你就会死的。"露西虽然比我小，但是她懂的生活方面的知识就是比我多。

六号楼附近有萝卜地，没有围栏，里面种着红萝卜和白萝卜，当快长到成人指头粗的时候，露西、孙雷、姚贤翠还有其他几个孩子跟着迪武哥哥去偷萝卜，一般都是晚上去，我是不敢去的，他们会带一些给我，那些红萝卜甜丝丝、脆生生、水灵灵的，特别好吃，他们说我光吃不干，好吃懒做。有一天我鼓起勇气，跟着露西兄妹两个去偷萝卜，因为第一次干这种事，我特别紧张，不小心摔了一跤，动静特别大，附近有汽车班，他们听见动静跑出来两个战士，大喊抓贼，迪武哥哥动作敏捷，早就跑没影了，而我却吓得魂飞魄散，扔掉手里的萝卜，正准备跟露西抱头鼠窜，结果被叔叔堵在萝卜地里，叔叔说这两天总是有人来偷萝卜，萝卜还没长好呢，现在总算抓到你们了，我吓得哭了，露西却央求叔叔说我们是第一次偷萝卜，以后再也不偷了，不要告诉我们爸爸妈妈，让他们知道，我俩会挨打的，最后叔叔批评了我们后又放了我们，还把我们扔掉的萝卜一个个捡起来，让我们带走了，告诫我们以后不准再偷东西，做一个好孩子。这是我第一次偷东西，也是唯一的一次。

总院本身就是大花园，一到春天，各种花卉竞相开放。医院里有果园、菜园，那里有好多青青的杂草，我们就经常在那里蹦蹦跳跳玩耍、拔草。我会讲故事，露西则不会，她爱听我讲故事，她也给我讲她班上的新鲜事。没人时她时不时地摘个果子，你一口，我一口，我不敢摘但我敢吃，有时候露西会摘两个，我俩一人一个，我吓得就赶紧咔哧咔哧地吃掉，经常是草还没拔呢，下班号就响了。

总院菜园里有西红柿。西红柿的长势喜人，有红的，有黄的，我和露西经常跑菜园边去看那西红柿，那诱人的西红柿好像在向我们招手，还有顶花带刺的黄瓜，我俩只是看看就走了，一边走一边还心里想着那些西红柿。我对露西说："我爸爸有农村朋友，我要让我爸爸问他们要西红柿。"露西则说："白天不能摘，等哪天晚上我和我哥哥去，晚一点周围没有人，我们可以偷几个吃！"我说："要是抓住了，家长就会受批评了，爸爸妈妈会打的！"露西说："你傻呀，不让他们知道！"

秋天刮大风，露西就大叫：小林起风了！她像箭一样地冲出了门，我连门都没关，提着个草篮跟在她后面像小鹿一样飞奔，飞过服务社，飞过大柳树，飞过湖边，飞过大庙，又飞过湖边儿，飞到医院大门口喊："爷爷好！"我很清楚地记得门房的那个爷爷姓侯，有发小说他姓侯，也有说姓李的，还有说姓吴的。门房爷爷还没看清我们，我们已

与露西和小伙伴们相伴的日子 第三章

总院梨园（照片提供者：赵翔）

经飞进院里了，我俩像飞奔的小马驹一样飞到梨园，有时能听到梨园里被风吹下来的梨掉地的声音。露西像个小猴子一样飞快地爬上树，摘下一个梨扔给我，自己又摘一个，我俩捧着多汁甜脆的梨以极快的速度吃了后，露西摘一个梨往地下扔一个，再摘一个扔地下。我的任务，则是用最快的速度把地下的梨捡到篮子里。这时候陆陆续续来了提着篮子的小朋友，我们俩各自提半篮梨说笑着往院外走，一个男孩说怎么又是你们抢先？我俩装作没听见，露西送他白眼。路过门房，我把篮子高高地举过头，让爷爷检查，爷爷摸着我的头："郭启荣的孩子乖，不用看。""你调皮！"爷爷接过露西的篮子说，仔细看每个梨都有一个摔的印子，又递给露西。露西对我说，住花墙里的划得来不用检查。我俩欢快地跑回家享受成果。那时总院的孩子相对比较少，

小西湖往事
——忆兰州军区总医院大院的快乐童年

谁家的孩子，门房、三食堂的大人大致都知道。

总院里头的梨园里面有冬果梨、软儿梨、吊蛋子梨、苹果梨等，品种多样。而总院里面的花更是姹紫嫣红，牡丹、芍药、丁香、迎春、茉莉、连翘等，三季鲜花不断，亚男、亚卿的祖父从北京请来有经验的花匠，为总院建立了花房，培育了各色鲜花，供全院官兵和休养员、伤病员欣赏。当茉莉飘香时，那个老花匠就用幽香四溢的茉莉花缠在铁丝上为亚男和亚卿做成美丽散香的花环戴在她俩身上，让其他的孩子们眼馋，羡慕不已。

露西爸爸尹伯伯喜欢钓鱼，也很会钓鱼，他经常把钓来的鱼，不全吃了，留一半，分给邻居一些，一半又放回湖里。露西家的鸭子又大又肥，有麻鸭也有白鸭，鸭子每天早上排着队，在尹伯伯的带领下，摇摇摆摆地下湖。可爱雪白的鸭子，游弋在碧绿的小西湖水里是一道非常美丽的风景。

露西爸爸手很巧，他给我和露西每人做了一个小纱网，我俩就在湖边捞小鱼、小虾、小蝌蚪装在罐头瓶里。放暑假了，露西的大哥尹迪武从湖南来兰州，就带着我俩去掏鸟蛋，我不会上树，在树下等他俩。我对露西说："别掏那么多，我不要，给鸟妈妈留几个孩子吧。"迪武他俩上了好几棵树，都空手而返，最后在一棵大树上，迪武掏了三个鸟蛋："现在不是鸟下蛋的季节。"露西问我："你真的不要？"看着花花的鸟蛋，我没吭声。露西给我手心里塞了一个，温温的，我小心捏在手心里，生怕它破了，我问迪武："你留鸟蛋在窝里了吗？""没有，"迪武说，"下次不带你，太多事！"

与露西和小伙伴们相伴的日子 第 三 章

我母亲和她的战友们在黄河边（左一为我母亲）

湖边的蜻蜓多，蝴蝶少，还有豆娘，有大头蜻蜓、红辣椒、绿飞机、黑眼睛、黑头、虎皮、蓝星……品种多得数不胜数。露西问我，你知道怎么抓蜻蜓吗？我说我知道，我脱下外衣见了蜻蜓就扑，半天也没抓一个，就见露西拿一个竹棍，上面插了一个纸板子，像个大球拍子，然后去灌木树丛中找了个蜘蛛网，把蜘蛛网裹在拍子上，然后来到湖边举着竹竿，豆娘、蜻蜓路过轻轻一挥竹竿，猎物就轻易地粘到蜘蛛网上了。一会儿我俩就粘了几十个各式各样的蜻蜓，我也粘了十几个蜻蜓放在瓶子里，广播里的下班号还没吹响，我们就满载而归了。我回家把蜻蜓放在纱窗上，各色美丽的蜻蜓扇着翅膀飞着，真好看。一会儿露西手里拿着一串儿的蜻蜓飞进我家，蜻蜓在空中飘飞着、全都拼命地颤抖着翅膀，我定睛一看，是露西用线把蜻蜓穿了起来，"这串给你！"露西说。我不高兴了，我不要，"你穿起来，它们不疼吗？"露西说："不要算了，最没用，还让我叫你姐姐，偏不！"露西生气了，不带我玩儿了，拿着蜻蜓串子走了。

小西湖往事
——忆兰州军区总医院大院的快乐童年

第二天我去找露西,生怕她不再理我,其实她早忘了,不过她告诉我蜻蜓不知为啥都死了,我说:"我家的还在窗户纱窗上飞呢!昨晚我家没有蚊子咬我,一定是蜻蜓把蚊子都吃光了!"

头一天晚上下了一夜的雨。早晨天晴了,空气中弥漫着湖水特有的腥味,碧空如洗,晴空万里。我和露西提着一个小篮子,嘻嘻哈哈地向院里走去,到处都是小癞蛤蟆蹦呀跳呀的,我很害怕,经常不小心就会踩到小癞蛤蟆,地上不时可看到不知是谁不小心踩死的小癞蛤蟆,很难看,很恶心!露西则不怕,她敢拿一个小棍子戳癞蛤蟆。

我和露西路过服务社。露西进去用一分钱买了几块糖,我俩分着吃。总院湖周有许多百年以上的大柳树,我们院没大门,但也有一棵大柳树,听说是叫"左公柳",有100年左右的历史了,枝繁叶茂、绿盖成荫,经常有无数的麻雀在树枝间吵吵个没完,好像在开会,但只闻其声不见其影。偶有男孩调皮,会扔一个小石头,许多的麻雀就会飞出来。这时大人看到就会制止说:"谁家小孩儿,不许打!"夏天天热,家属院的家属,就会手里拿着活计,有人纳着鞋底,有人织着毛衣,戴教授家的戴奶奶经常拿着个大蒲扇,一会儿坐下,一会儿走来走去,与大家在大树底下聊天纳凉。

路过左公柳,下坡就到湖边了。从家属院走下来,一条五六米宽的土路伸向前方,路两边各有一个湖,路中间有一座大庙(又叫凉亭),大庙四周有4棵大树,听尹伯伯说大庙(凉亭)以前叫岳王庙(也有发小告诉我说是关公庙,我以岁数大的人说的为准),庙周围还有泉眼。

面北的小西湖大庙（凉亭）（照片提供者：戚建华）

面南的小西湖大庙（凉亭）（照片提供者：潘力）

在我还很小时，泉眼还汩汩出泉水呢。沿湖间路向前至大庙（凉亭）前，路分两岔绕至亭后又并成一路。沿湖行走一会儿就到了医院门口，好像西北方向湖中有小岛。岛上郁郁葱葱，有时有野鸭出没，鸭岛位置我记不太清了，还有，湖最早好像是4个湖，到我家快离开时已变成两个大的湖了，大庙还是在湖的最中央。湖畔小道旁有野草、野花。最早东湖东面好像有小亭供人们小憩，小亭上有精致的花纹画面，画的都是一些鱼虫花鸟，记不清在哪一年小亭子没有了。东湖东面还有

小西湖往事
——忆兰州军区总医院大院的快乐童年

围墙,外面还有一个八角形三层的庙。围墙外还是湖,我们那时叫它外小西湖。总院老人说,最早小西湖面积有7平方公里呢。东南边有高高的3层木楼,上着锁,木门木窗上面都有精致镂空的雕花图案,挺好看的,像古装电影里的茶楼酒肆,也像庙宇,木楼年久失修,我从不靠近,露西也不敢,她说那里有鬼。木楼西南面是幼儿园的后墙,木楼上古老雕花的窗户半掩半开着,好像在默默地向人们诉说着过去的历史。离木楼老远,能看到一个好像二战影片里的纳粹符号,不过又是反过来的,后来听大人说那个楼是西北军阀、人称"青海王"的马步芳给他的小老婆盖的,我长大后才知道那是佛教的"卍"字符号。

总院的阿姨们在开会学习(照片提供者:杜桂珠)

来到院门口，有卫兵笔直地站在一米见方、一人多高的木房子里值勤站岗，门房爷爷背着手在那儿来回踱着步（我记得那爷爷是姓侯，也或许是我们觉得他长得有点像猴子，反正我们就叫他侯爷爷，50年了，他的样子我还记得，大眼睛双眼皮，好像还有另外一个姓徐的老红军门房爷爷）。"爷爷好！"我和露西异口同声地说。"好！干吗去？"爷爷问，"采蘑菇！"我不知道蘑菇怎么采，我也不问，有露西呢。雨后空气中弥漫着令人心醉的花香，清新的空气，潮湿的泥土，还有细细的电线上那一只只可爱的小燕子，黑褐色的尾巴像剪刀一样，我和露西用带着翠色柳叶的柳条编成凉帽，戴在头上满头清爽。远处不知何人用树叶放在嘴里作哨子吹出动听悦耳的无名小调，沁人心脾，让人心情舒畅。又到梨园，树上的梨还青绿呢，露西偷了两个给我一个，一点也不好吃，又酸又涩，只好作罢。露西说梨树下的蘑菇多，而且最好吃。果然，在梨树下有一丛丛淡咖啡色的伞盖似的蘑菇，我们小心地采着。我们把梨园走遍了小篮子还没满，露西说去草地看看。草地的蘑菇胖胖的、白白的，草稍微高一点就看不见，要仔细地找。我突然看见一大丛咖啡色的蘑菇，兴奋地大叫起来，好大的一堆蘑菇呀！露西见状大叫："狗尿苔，别碰，有毒！"我吓得赶紧住手。我问露西咋知道这么多，她说是她爸告诉她的，她爸从小当兵打仗，经常没吃没喝，就采蘑菇、野果充饥，与敌人周旋……

我和露西又蹿到小动物园（我好像记得有一个小动物园），这里有猴子、猫、狗、小兔、羊、豚鼠、白老鼠，还有鸡、鸭、鹅等小动物。这都是医院做实验的动物（只有鸡、鸭、鹅是只供观赏，不用来做实验的），好可怜。它们都在晒太阳，懒洋洋的样子，有的身上还有刀口，我看着难过，不看也罢。我们来到妇产科楼下的草地上（记得一楼是小儿科，二楼是妇产科），这里是我们最熟悉、最常玩的地方。没找到蘑菇，我们就在草地上翻跟头、踢毽子。我俩的母亲都是妇产科的，都在这个楼上工作，不一会儿就有一个护士嫌我们吵，打开窗户唤我俩，让我们走。

我和露西跑到住院部里面，有一个四四方方的大院子，这是一个美丽的花园，里头有许多石桌石凳，原是为了让住院的病患们在里面休闲娱乐、聊天会友的。园子里种着连翘、迎春、丁香，还有苹果树。露西、乔林和我3个人没事就朝那个小园子跑，拨弄拨弄花草，然后坐着石凳在石桌旁打扑克、抓拐骨。这天我和露西遇到花墙里面的孩子们也在那儿玩，石桌、石凳已经被住在花墙里的小伙伴们占了。他

发小们在住院部的小花园里打扑克 （照片提供者：刘叶玲）

们在那儿兴致勃勃地玩争上游，还有两桌是那些身穿蓝条白地病员服的休养病员在那儿下象棋。下棋的人静思不语，旁边观棋的人却争得脸红耳赤。那个地方也是我们小时候的天堂。

总院除了花房还建有果园、中草药园、花圃、菜园及小动物园（那个动物园，应该是实验室，有很多狗在那汪汪地叫着）。

我和露西又游走在6号楼附近的灯光球场，那里还有个厕所，很干净，记得是冲下水的那种，便池是白的瓷盆，还有洗手的白瓷盆，真好！我俩就在白瓷盆里玩水。我俩感叹，要是我们大院儿的厕所也是这种就好了。

我俩又蹿到黄河边的水塔附近去看黄河，河边有许多高大的杨树，我俩比赛往黄河里扔石头，看谁扔得远。

最后，我们又跑进病房一楼，一楼走廊很黑，有很长的走廊，我们从走廊里跑，一直跑到住院部的最前面。迎面好像有一幅很大的油画，上面画着白求恩大夫抢救伤员的情景，下面有毛主席的题词："救死扶伤，实行革命的人道主义。"露西说："你看白大大像不像你爸？特别是鼻子。"我说："真的

黄河边的水塔
（照片提供者：尹露西）

有点像，但我爸哪有那么老！"露西说，你爸老了就这样了，露西又说，她爸爸打仗时手上的神经曾经被打断了，是白求恩大夫给他接上的，还有次重伤，也都是白大夫给他做的手术。

小西湖往事
——忆兰州军区总医院大院的快乐童年

出住院部大楼,对面靠南墙有一排玻璃橱窗,是医院里的光荣榜,介绍各科里的先进个人的先进事迹等等,有时会有我们的妈妈与其他阿姨在一起工作的情景出现在照片里。

开饭号响了,我说,露西今天在三灶吃饭呀,她高兴地跳了起来,我们俩就飞跑着,到总院西北角黄河边的三灶。露西真有口福,今天灶上有红烧肉吃,每星期约能吃到两次荤,都让她赶上了。拿票买饭,不用带碗筷,我们俩每人要了一肉一菜一汤,外加一马蹄子,露西忽然说:"叔叔,我俩不要菜了行不?"叔叔把菜放回去,我充满疑问地看着露西,露西又说:"叔叔,我采的蘑菇拿回家就不太好了,你能帮我炒一个菜吗?"叔叔问:"谁家的孩子没见过,这么鬼,跑这来炒菜?"我忙说是尹家的。叔叔想了想说:"噢,老八路家的,好,给你炒一个!"露西忙去洗蘑菇,采的蘑菇洗了一半,叔叔还给我们放了一点肉,那叫一个香!我俩一人吃了一盘红烧肉,一人一盘蘑菇炒肉,一碗汤,俩人吃了一个马蹄子,退了个马蹄子。那是我第一次吃野蘑菇,太好吃了。然后趁大人不注意,我带露西奔跑着去不远处黄河边洗碗玩水,用碗撩水,可好玩儿了,之后又回到三灶去水管子那边儿把碗冲干净,放回原处。露西问我:"为啥在黄河里洗碗?""省水呀!""我看你是要玩水!"我俩嘻嘻哈哈地闹起来,厨房的叔叔跑出来说:"骆小林怎么又在黄河里洗碗,以后不给你打饭了!"我俩吐着舌头,提着半小篮蘑菇,打着饱嗝一溜烟跑了。

三灶的饭真好吃,露西又说,我爸爸做的饭也好吃!

这天早晨,我去尹伯伯家梳头,露西的头早梳好了,该上学去了。

她在窗外向我挤眉弄眼，我不知道她啥意思，但肯定有事。我梳好辫子出门，露西把我拉向一个角落，掏出一大一小、一红一黄两个西红柿给我，我吓一跳，怕人看见，急忙塞进书包里，我俩就分手了。她在七二校上学，我在七三校上学。我知道，肯定是昨晚她和她哥迪武去院里菜园子偷的，实际上她也知道我父母昨晚都值班，但是她知道叫我我肯定不去。我心里惴惴不安，有点害怕，但那诱人的西红柿发出一股股清香味，引得我一会儿偷偷看看书包里，过一会儿又偷偷看看书包里，又喜欢又怕掉出来被同学发现。下课乔林叫我踢毽子，我说我肚子不舒服，也不出教室，就守着那书包。一放学了也不和别人结伴，自己快快地跑回家躲在家里，扣好门把西红柿放在鼻子跟前使劲嗅着，好清香好清香呀。然后我把那大的红红鲜亮艳丽的西红柿以极快的速度，咔哧咔哧吃掉，汁液丰富、酸甜可口。那时一年也吃不到一个西红柿，和鸡蛋一样，它们都是稀罕物，鸡蛋有时还可见，西红柿却很少见，灶上很久才有一次西红柿鸡蛋汤，汤里就没有多少西红柿。我把那个小的、黄的、可爱的西红柿用手绢包好，藏在床下最里面的鞋盒里，准备第二天再吃，之后才蹦蹦跳跳地去三灶吃饭。我一边跑一边心里直后悔，刚才吃的时候为什么吃那么快呀，应该一边吃一边慢慢品尝，太好吃了，就是吃得太快，有些浪费。

下午放学我一人又飞也似的跑回家。上课时，那个小黄西红柿，像个小灯笼不停地在我脑袋里、在我眼前晃来晃去，老师上课讲的什么根本没听，惦记着赶紧回去吃那个小黄西红柿，根本等不到明天。

回家趴在床下取出鞋盒子，拿出西红柿来，捧在脸上滚来滚去，

小西湖往事
——忆兰州军区总医院大院的快乐童年

然后洗干净，咬了一小口，我要慢慢地品尝，哎呀，真的是好吃得不得了。我坐在床边儿一小口一小口仔细品尝，终究还是吃完了，没有了，心里好惆怅。

我家有一个收音机，那时候这个院子里只有两三家有收音机，我家的好像是美多牌的。爸爸说过，大人不在，不许我动，但是露西可不管，反正我家大人经常不在，她到我家就像在自己家里一样。她把收音机的开关扭来扭去的，我们两个经常会在我家听小喇叭广播，好像是孙敬修老师讲故事。这天听收音机的时间不对，不是唱歌就是新闻，不听算了。

一天，露西和迪武在草丛里抓了许多蚂蚱，要烧着吃。我不敢用火，躲得远远的，他俩就笑话我。大姨告诉我，小孩不能玩火，看到火我就远远地站着。露西跑过来把一串烤好的蚂蚱在我眼前一晃，一股奇香钻入我的鼻孔里。我深深地吸了一下鼻子，不由得咽了一口口水，露西问我吃不吃，我伸手去拿，她就跑了，于是她跑我追，露西一边跑，一边说："好吃懒做！就不给！"我追不上她，就生气了，噘着嘴转身就回家。露西看我要回家，就急忙奔过来把那串蚂蚱塞在我手里："你怎么那么爱生气呢！"我第一次吃蚂蚱，人间美味，那是我小时候吃的最好吃的东西了，我一口气吃了三串蚂蚱。开饭号响了，我都没有去三灶吃饭。这件事在我脑海里铭记着，永世难忘（许多年后，市面上也有卖油炸蚂蚱之类的，可是儿时的味道，那种感觉再也没有出现过）。

以前，每天放学时我都去幼儿园看花花，后来，我的朋友渐渐多了，我有时候就忘了，一个星期看花花一次。花花不喜欢我带别人一同去，只愿意跟我一个人玩儿。这天我又去看花花，阿姨们告诉我花花丢了，花花可能被人打死，或者被人抓走了。我听了以后就伤心地哭了，阿姨们就劝我，把我打发走了。

好像从1964年开始，秋天到了，小西湖里的鱼长肥长大了，后勤就组织一些年轻战士拿大网捕鱼，场面非常壮观。我一共见过三次，几十个战士穿着短裤沿湖拉网，全院的家属，能动的伤病员，都来看热闹。人欢鱼跃，网里的鱼挣扎蹦跳在阳光下，鳞光闪烁，有鱼蹦蹦跳跳上岸了，我们小孩就去抢着放回筐里，有鲤鱼、花鲢子鱼、草鱼、鲫鱼，虾就更多了，那场面真是振奋人心呀！晚上，家家户户和食堂到处都飘着烧鱼的香味。

高台子大院的"60后"仨小子
（照片提供者：唐明）

露西比我小，但比我机灵聪明，她懂的事很多。我家人口少，就我一个孩子，我把她当妹妹，院子里的小朋友说我们俩穿着一条裤子。露西也比较看重我，她说我只能跟她一个人玩，于是露西跟谁玩我就和谁玩，她不理谁我也就不理谁。

露西和孙蕾打架了，孙蕾在院里很顽皮，她虽然是女孩子，但长得像假小子，头发硬硬的、短短的，她是家里老大，下面有弟弟妹妹

小西湖往事
——忆兰州军区总医院大院的快乐童年

各一个,院里的小朋友都怕她。那天在湖边,露西和迪武与孙蕾姐弟三个打架,我知道后,怕露西吃亏就往湖边跑去,快到大柳树旁,就看到湖边孙蕾和迪武脸上、脖子上都已带彩,打了个平手。露西在那湖边叉着腰,一手拿着竹棍大声斥责孙蕾一伙,手里竹棍上下翻飞。院子里孩子们都在旁边,围成一个半圈,起哄助威!孙蕾姐弟三人也是人手一棍,孙蕾嘴笨,吵不过露西,露西的嘴像机关枪一样,看见我来了急切地向我讲述过程,并把竹棍塞我手里。我从没打过人,也没骂过人,我对露西说:"咱回家吧,再不跟他们玩儿就行了!"露西问:"你不想打?"露西的眼睛睁得滚圆,我支支吾吾了半天说不出话来。"真没用!"露西一把推开我,抢过竹棍照着孙蕾的脸上就是一下,于是一场混战开始了!迪武和露西只打孙蕾一个人,五人在湖边打成一团,小孩儿打架,嘴咬脚踹挥拳头。我急得直跺脚,小孩们大喊助威,我怕露西被推到湖里,急忙飞奔回家去找大人,上坡时迎头碰上协理员叔叔,我急忙拉着他去湖边:"快,快!"我急得说不出话来,协理员叔叔已经看见湖边一幕,大吼一声:"住手!"打架的停了下来,露西不甘心,趁机又在孙蕾的腿上踢了一脚,孙蕾又还手打在协理员叔叔的身上,协理员厉声说:"都打出血了还打!"露西说:"他们先打我们的,他们人多欺负我们!"迪武和孙蕾都挂了彩。

以前院里打架一般都不告诉家长,免得家长责骂,孙蕾不服人,露西也不让人,这次都挂了点小彩,协理员叔叔也知道了,瞒不过去,不能不管,协理员叔叔就通知了家长,让家长管教。

露西怪我告状:"你太没劲了,不帮着打,还告状!背着手干什么，每次一说你就背着手，我又不是幼儿园的阿姨，你真没用，废物点心一个，再也不跟你玩儿了！"说完就和哥哥迪武撒腿跑得无影无踪。傍晚，我听到孙蕾家长责骂他们姐弟，然后孙蕾姐弟三个在院子里站成一排，家长罚站不给他们吃晚饭（好像孙蕾家长也是协理员，那时候总院有几个协理员我不知道）。

露西爸妈回来时，他们早就没影啦，露西爸爸气呼呼地说："打断他俩的腿！"结果在湖边找了一圈，又在黄河边找了一圈，无果而返。

晚上快 10 点了，露西兄妹俩也没回来，露西爸爸、妈妈、几个院里人还有我，拿着手电在院里院外找着、喊着，但他们却毫无踪影，尹伯伯说："不找了，就在院子里，藏着呢，丢不了！回家睡觉！"

我躺在被窝里，担心露西被狼吃了。冬天下雪时，总院外面曾经有狼出没，地上留下了狼的脚印。现在是夏天，也许没有狼，但是他们晚上在哪里住呀，会不会躲在木楼里，木楼有鬼呀！露西说晚上大庙里也有鬼。我记得大庙有时是锁着的，但是两门之间有很宽的缝隙，小孩能钻进去，我不敢进去，露西进去过，说里面有无头泥胎，阴森森的。露西老爱耍我玩，谁知她是不是骗我。院里还有其他小朋友进去过，说什么都没有，到处是土。我晚上从来不敢朝大庙看，我是从来都不敢进去的！

记得每到冬天，我从三灶吃完饭回来，沿着湖边回家。有时天会渐渐地黑了，路过大庙，我大气都不敢喘，飞也似的跑着，总会想起露西的话，总觉得有个什么东西跟在我身后。露西兄妹没回家的那天晚上，我就这样胡思乱想了许久才睡着。

小西湖往事
——忆兰州军区总医院大院的快乐童年

早晨起床号响起,我都没有醒来,醒来时早已日上三竿。去尹伯伯家,尹伯伯说露西没回来,我就跑到湖边发呆,露西不在,我觉得没有意思,这时看见了同学冬桔和春梅从湖边高台子那边儿朝我们家的方向走来,我知道她俩是找我的。我跟露西不在一个学校,露西很在意我和同学的关系。她说,你上学时整天和她们在一起,放假了你就归我啦,不许和别人玩儿,我答应了。于是我背过身,让芦苇遮住我,不让她俩看见我。我看见湖里有许多大蝌蚪,就用手捞着玩,黑黑的大头蝌蚪在我的手里扭来扭去,我又把它们放在湖里,这时突然一只红色的青蛙从湖中跳上岸,我很吃惊,青蛙居然有红色的?!这只红色青蛙跳到我跟前看着我,之后又跳入水中划走了。这事跟谁说谁都不相信,连我父亲都说我在胡说八道,但这确实是真的!我也觉得很奇怪。这件事到现在还困扰着我,我一直想找个动物学家请教一番,但始终无缘结识一位。我在湖边待了一上午。开饭号响了,我站

美丽宁静的小西湖(照片提供者:刘叶玲)

起来悻悻地、无精打采地朝三灶走去。快到黄河边了，我老远就看到，露西和迪武在黄河边儿比赛打水漂，我兴奋地大叫着跑过去，露西早已忘了不跟我玩儿的话。露西说："你今天早上怎么没有来吃饭呀？我们都快饿死了，等你等了好长时间！"我说："昨晚上找你们找晚了，又睡不着，想你，今早醒来都晚了。""昨晚上听到你们在找我们，我们就不出来！"露西说。我又问："昨晚没吃饭你们不饿吗？"露西说："菜园里有西红柿和黄瓜，我们吃了一些，今早上找你来吃饭，你也不在，昨晚抓了一个特别大的老鼠，烧着吃了，可香了。"我说："你骗人！老鼠传播疾病，你们也不敢吃，多恶心呀！你们也抓不住，你们又不是猫！再说了你们身上也没有火柴呀！"露西说："笨蛋！黄河边儿遍地是打火石，那种白白的石头就是打火石，两个一打就出火了！干草和柴棍点着就行了，想悄悄叫你来，又怕碰上我爸爸，你那么胆小，肯定不会出来过夜，晚上有萤火虫，绿绿亮亮的可好看了！"我说："骗人，兰州哪有萤火虫啊？"我忽然想起那个红青蛙，就告诉他俩，他俩都不信，说我也学会骗人了。我问："你还不回家吗？"露西说："再说吧！""那你不饿吗？不吃饭吗？"我又问。露西说："吃呀，我这不是找你来了吗？在三灶吃饭就可以了。"

我领他俩去吃饭，才发现我的饭票不是很多了，露西这个月已经吃了两次了，她要老是这么吃下去，月底我就没饭吃了！那只好上她家去吃饭了，尹伯伯的饭做得挺好吃的。

吃饭时我问露西，昨晚他们在哪儿睡的觉。露西说，太平间呀！我生气了，露西说："你咋那么爱生气？逗你玩呢，我们在医院的地

小西湖往事
——忆兰州军区总医院大院的快乐童年

下室,很好的,就是有蚊子。"她给我看她手上的大包,脸上还有一个大包,我看他们的伤结了痂,问他俩疼不疼,迪武说:"这算什么,我爸那时候打仗,经常受伤,大伤小伤不断!"露西又说:"昨天咋不帮我?"我说:"沈阿姨说,女孩子要安静,不能疯疯癫癫,更不能打架、骂人!""什么你的沈阿姨,以后不许在我跟前提她!"露西说。之后,我们去湖边了。

我们给兔子和鸭子拔了许多草,然后回家。我家的兔子因为经常吃不到东西,打洞胜利大逃亡了。兔子逃到谁家就是谁家的,这是一个不成文的规矩,我估计是逃到露西家去了,因为我家离她家最近。谁养着都是一样的,我无所谓,我发现养兔子是很麻烦的一件事,现在终于解脱了。

露西兄妹在他们爸妈没回来之前,把院子门口扫得干干净净,浇了花,我帮他俩把鸭子赶回了家,喂了鸭子和兔子,又去担水,水缸快满的时候,尹伯伯回来啦,发现他们的小把戏,就虎着脸警告:"再发生这种事,打断你们两个的狗腿!"

孙蕾见了我,她以前一直叫我露西的跟屁虫,我想假装没有看见她,她大老远就喊:"骆小林加入我伙吧,别跟那个野丫头玩儿了。"我定定地看了看她说:"露西不是野丫头!""那你跟不跟我玩儿呀?"孙蕾问。我说:"大家好好地一起玩儿不行吗?"孙蕾说:"不行,有她没我,有我没她!露西她哥哥放完暑假就回湖南了,那时,看我怎么收拾她,她就成了光杆司令了。"我转身就跑,跑到老远回头说:"露西不是光杆司令,还有我呢!"气得孙蕾跳脚骂我,我捂着耳朵:"不听不听，王八念经！"院里的小朋友经常今天是你伙的，明天是他伙的，只有我和露西永远是一伙的。露西家、我家和孙蕾家都住在后院里，我家和露西家是坐北朝南的房子，孙蕾家是坐南朝北的，与我们是斜对面。东侧还有一排东西向的房子，房后是我们院，这排房子对面是军人服务社，姚贤翠家就住在这排房子里。姚贤翠好像是老大，下面有好几个弟妹，好像姚贤翠的爸爸也是协理员。我和露西去她家玩儿，好大的房子呀，卧室里有大床、小床、桌子等，外屋很大，孩子们都在地下爬来爬去。姚贤翠喜欢和我们玩，但每次出去玩儿，她都背着一个小的孩子，后面跟着两个大点儿的，一会儿这个要吃，一会儿那个要拉，好烦人呢，我和露西都嫌她麻烦，主动不要她，我们走，她经常就远远地跟着我们，露西问："你为什么老跟着我们呀？""我愿意！"姚贤翠说。现在我和露西都很想念姚贤翠，怀念童年时的美好时光，但是不知道她在何方。

那时候作业很少，放学之后就是疯玩，尤其是我家就我一个，没有弟妹，特别悠闲，基本没有家务事。那时候，我每次出去玩都不锁门，夜不闭户，路不拾遗，小西湖那时非常安全，也没听说过有小孩丢失的事情发生。

小西湖湖边多柳树，春天刚发芽的柳枝是最可人的，我和露西经常躺在小西湖边柳树下的芳草地上，看头顶上无数的新翠柳丝风情万种地飘飞着；碧云天上的流云匆匆地穿过柳丝

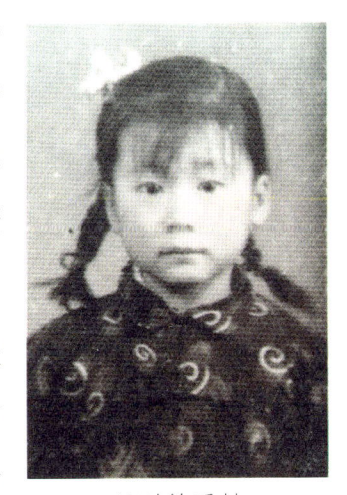

儿时的乔林

（照片提供者：乔林）

——忆兰州军区总医院大院的快乐童年

间的缝隙飘然而去；湖边的芦苇与春风缠绵絮语……

总院里的春夏都特别美，鲜花竞相开放，大多女孩子都爱花，我最喜欢的两种花，都是五月份开放，也是总院较多的两种花，一种是丁香，一种是黄刺玫花。丁香树是一种灌木，总院的丁香树有年头了，每个病区都有，花开时，浅紫色的雪青内敛，白色的素心若雪，紫红色的明丽馨香。也许是因为丁香花细长若钉，而且香气袭人才名丁香吧。尤其是晚上，我与露西、乔林徜徉在总院的大院里，暗香浮动，若有若无，沁人心脾，走在花海里，感觉自己也遍体生香。我一直喜欢丁香的恬静、清艳、素雅，低调不张扬。

黄刺玫花也是灌木。门诊部东侧门我记得就有两株近一人高的，春夏之交开得很旺，许多病房的门口都有，一种是复瓣的，一种是单瓣的。花开时满树都是金色的花朵，一朵朵黄刺玫花装饰在碧绿的灌木上如繁星满夜空，软风袭来，甜香远溢。我们仨每个人会摘一朵黄刺玫花别在头上，我也会趁没人的时候偷偷摘几串紫丁香和几朵黄刺玫花，拿回家放在枕头下面，余香绕枕，晚上嗅着花香入睡，梦游花海。

记不清是哪一年，兰州大旱，小西湖的湖水干涸啦，露出了湖床，放暑假了我和露西、乔林她们天天在湖床上疯玩。

记不清大约是我上四年级还是五年级的时候，那年六一儿童节，我们西湖小学参加了七里河区小学团体操比赛，学校选拔了二百多人练习团体操，学校请来了我爸爸担任手风琴伴奏。比赛那天大家穿的都是白衬衣，白衬衣后面印着红色的"西湖"两个字，蓝裤子还是

与露西和小伙伴们相伴的日子 第三章

我和露西在小西湖的西湖干涸的湖床上，远处是大庙

蓝裙子不记得了。那一次好像我校得了全区第三名，同学们夸我爸，我得意了好长时间，因为有爸爸的功劳。露西她们学校则落后于我们学校，她因此很不高兴，不理我好几天，小心眼儿！

我与露西是一起玩大的伙伴——

　　自小生在黄河边，家居总院西湖旁。
　　露西与我是邻居，两小无猜一同长。
　　养兔养鸡又养鸭，打草掏鸟抓蛤蟆。
　　春分忙杀看花娃，夏日树上摘槐花。
　　清秋湖畔观落叶，隆冬冰上溜冰忙。
　　捞鱼摘花捡蘑菇，赶鸡追狗撵兔娃。
　　童趣童真浪漫心，悠哉悠哉小仙意。

　　湖水清，黄水流，流到金城古滩头，

小西湖往事

——忆兰州军区总医院大院的快乐童年

兰山点点翠。

青山在，黄水长，流入东方天尽头，

西湖日日游。

湖边生，湖边长，童年如在桃花源，

岁月如水流。

思悠悠，念悠悠，念到归时方始休，

歌在西湖楼。

凉亭之南，西湖水畔，左公柳旁，

即是我家。

发小露西，与我欢聚，同出同进，如影随形。

与鹅嬉戏，邀燕共舞，抱一只鸡，养一窝兔。

芳春赏柳，仲夏观花，清秋拾果，冬日滑冰。

芦苇丛中，细数鸭蛋，秋梨树下，捡拾蘑菇。

翠翠茵茵，花花果果，朗夜草中，捕捉秋虫。

碧园树下，拈花惹草，百卉丛中，招蜂惹蝶。

我家窗外，夜观银河，我家窗内，夜闻蛙鸣。

上树打梨，下湖摸鱼，清明踏青，中秋赏月。

桃花源里，尽情玩耍，欢乐童年，悠哉悠哉。

我快 10 岁左右，我家搬到了医院里的六号楼，好像是二楼最东边很大的一间房，我家用柜子把它分隔成两个空间，我家住在顶东头，西边儿住着王力军哥哥家。他家有许多孩子，印象中男孩子居多，孩子很少着家，他们也不跟我玩儿，我那时也不和男孩子玩。记得力军大哥的爸爸是医务处的主任，叫王振英。有一天，在药局工作的力军哥哥的妈妈郑治良阿姨，炸好多油馃子给我们家拿来了一盘，好吃极啦！二楼只住着我们两家，其余的房子都空着，六号楼住的同龄的小朋友不多，我不喜欢这里，也不能随时去湖边玩水了，惆怅、郁闷。露西、乔林她们倒是没事儿就过来找我，我白天也不太着家，除了上学就是跑到服务社大院找熟悉的小朋友玩。好在六号楼这地方我们只住了3个月。

中站立者为邻居医务处主任王振英叔叔，前部左侧戴眼镜者为黎秀芳先生
（照片提供者：王力军）

我们家又搬家了，搬到了服务社大院前院靠湖的一排，东头第一家。我家的门对着露西家和我家原来合用的厨房的窗户，我家背面低下去就是小西湖的西湖，我家门口左前方六七十米就是军人服务社，

小西湖往事
——忆兰州军区总医院大院的快乐童年

我家左侧七八米是全院唯一的厕所，厕所前4米是全院唯一一个水管子，是大院全院家属打水的地方。厕所的旁边，就是大柳树代表服务社大院的大门了。大柳树大院又叫服务社大院，好像是由4个小院组成。

爸爸请来了小西湖附近专门从事刷墙业务的"白俄"，一个外国胖大婶，大婶名字叫玛露西。这个外国胖大婶玛露西看不出年龄，身体上下一样胖，头发黄黄的，穿着大裙子，头上戴头巾，脸红扑扑的像红苹果，鼻子两边有不少雀斑，她一边刷墙一边晃着脑袋兴高采烈地唱着俄罗斯民歌，很高兴快乐的样子呢。爸爸也就同她一起唱，我听着也好开心呀，不到两小时就把墙刷完了。我问爸爸："为什么叫她'白鹅'呀？"我曾在上学的路上见过两三个"白鹅"，她们都扛着大刷子，提着大桶，旁若无人地唱着歌，走在大街上，很快乐的样子。爸爸说不叫"白鹅"，是"白俄"，他们大多数是旧贵族，在我国大多数居住在东北的哈尔滨，上海也有，兰州只有不多的几个人，从事着刷墙的职业糊口。我觉得这些"白俄"一定是一个很快乐的民族。

记不得是院子里的哪个小朋友和露西吵架了，就把露西叫玛露西，和那个胖大婶的名字一样，因此露西又和他们打架。

我家没有厨房了，爸爸在门前和别人家一样，垒个泥灶。

露西风风火火地从她家窗子上跳下来说："你家才好呀，打水方便，上厕所方便，出门儿方便，去服务社方便！"她从我家后窗向外看着说："哎呀，你家几个湖都可以看见，大庙这么近，门诊楼也看得见，黄河对面的山都看得那么清楚，你家可真好呀！"露西每天打水或者上厕所都会赖在我家玩，我俩还是和原来一样长在一起。

与露西和小伙伴们相伴的日子 第三章

太阳当头挂，碧空如洗阔。

湖上水鸟欢，苇边蜻蜓过。

乳燕穿柳飞，双蝶花丛落。

水畔戏小鱼，发小凉亭坐。

记得我小时候非常喜欢在小西湖边玩水，各家家长都嘱咐孩子们不要在湖边玩水。我爸爸就说过，如果发现我在湖边玩就打我屁股。小西湖边有的湖岸较低，我经常拿一个碗与露西、乔林、姚贤翠还有其他小朋友在湖边撩水玩。反正爸妈经常不在家，我们在家干什么，他们也不知道。湖岸边有些半人高的芦苇，我经常很奇怪，听说小西湖过去叫"莲荡池"，为什么我从没见过小西湖有荷花和睡莲呀。我一直觉得遗憾，要是湖里有荷花或睡莲，那小西湖就完美了。看那清莹的湖水清澈明绿，游鱼无数，一群群小鱼从我们身边游过，这群去了那群来。我的小手放在水里，它们就在我的手指间嗖嗖地似箭穿梭，用手怎么抓也抓不住。晶莹的水珠溅在我的小手和胳膊上又像珍珠样滚落下来。我经常幻想着自己也变成了一条鱼，悠然自得地在湖水中穿行漫游……

小西湖湖面上最多的是一种小型水生昆虫，我们叫它水蝇子，身长一二厘米，可在水面上滑行。它有六条细长的腿，有点儿像大蚊子，又像水蜘蛛，脚上有纤毛，在水面上飞快滑行，从来都不会沉下去。露西有一次抓了一个水蝇子，她用线拴着水蝇子的一条腿，放在水面上，然后用小棍往水里戳，戳下去它又浮上来，几次都是这样，气得

小西湖往事
——忆兰州军区总医院大院的快乐童年

露西挖了一块湖泥把水蝇子包起来扔到湖里说:"我看你还能不能浮起来!"这下子那个水蝇子再没浮起来。现在我知道了水蝇子的学名叫水黾。

我9岁时与两个表姐在小西湖的东湖边,远处是八角庙

小西湖里深绿色的水藻一丛丛漂浮在湖面,有的水草像朵朵绿色的小花,有的水草像孔雀的尾巴。柔风袭来微波荡漾,蜻蜓蜕的壳挂在芦苇枝上随风轻摇,芦苇沙沙如喃喃细语,柳枝轻拂似软风轻吻。有时有一两只不知名的水鸟在水面伺机叼鱼。水鸟叼上鱼,我们小孩就会欢呼雀跃。无风时,平静的湖水就像一面大镜子,能清晰地映出蓝莹莹的天和白棉花似的云朵,我们一边唱着儿歌,一边撩水玩。不远处有鸟鸣如弄琴,湖边有许多美丽的柳树。姚贤翠、乔林、露西还有一些其他记不得名字的小朋友和我经常把柳枝折下来编成柳条帽戴在头上,手里拿着柳条疯跑着,你追我赶的,有时还捉迷藏,露西

经常藏在大庙里,我和乔林还有大多数小朋友都不敢进大庙,虽然两扇庙门间有很大的缝。大庙东西两边各有两个圆圆的窗子,有一天我趴在地下让乔林站在我背上向里面看,乔林看了半天说:"哪有啥没头的泥胎,露西最会骗人了。"姚贤翠则带着弟妹们远远地看着我们玩。那时候每天都过得很开心,每天都在湖边撒野奔跑……大院里的乔林和我是小学同班同学,后来我长高了,可以从圆窗子伸脖朝庙里面看了,确实里头哪有什么没头的泥胎。再后来大庙里的南北两面的门就没有啦,庙门洞开,任我们随意穿梭,但天一黑,我还是绝对不敢进去的。

小西湖中的大庙(照片提供者:赵翔)

立秋之后,湖边草里各种会叫的虫子开始多了起来,尤其是晚上,虫鸣声此起彼伏,有的高亢悠长,有的浅吟低唱,有的节奏疏朗,有

小西湖往事
——忆兰州军区总医院大院的快乐童年

的鸣音急促，这自然唯美之音异常美妙。我天天都听着这些自然交响乐入睡，喜欢这种奇妙的感觉。晚上，我经常趴在后窗上望着天上的星星，星星像一个个小小的、闪烁的、神秘的、调皮的精灵，向我眨着眼睛，可惜后窗很少看到月亮，月亮经常在前窗出现。

记得有一只秋虫，不知是蝈蝈还是蛐蛐（我永远分不清蝈蝈和蛐蛐），叫的声音又大又特别，每天晚上就在我家窗根下，还有一个声音较小的与它一唱一和，那感觉就像一个高大威猛的年轻男子正与娇小玲珑的美丽女子唱二重唱。我自己晚上不敢出去，不敢看到大庙，晚上看到大庙我就想起露西的话——那里有鬼。从我们家的窗子里往外右边一看，第一眼就是大庙黑黢黢的剪影。童年的小西湖只有这点我不喜欢。我一直在心里叫它大庙，但离开小西湖后我又突然喜欢上了大庙，梦里经常见到它。在一次摄影展上，我突然发现有一张兰州小西湖大庙的老照片儿，心里异常激动。你也许不信，当时我的眼泪就控制不住地下来了，连我的爱人都非常不解。

我把我家窗根底下有两只秋虫叫的事情告诉了乔林和露西。一个月圆之夜，露西、乔林和我来到我家窗下，那对秋虫在欢唱，我们人手一棍，还没走很近，它们就不叫了，好狡猾呀！乔林摆摆手，我们仨站着不动，一会儿那个声音大的就又开始叫了，我们去那草丛里拔草，它们又噤声了。平房后面全都是草，翻了半天也没找到，蚊子给我和露西都叮了包，我们仨垂头丧气地准备走，刚走一两步，秋虫又叫了起来，我们转身回去，它们又不出声了，我们刚要走，它们又开始叫。露西气得说一定要抓到它们，但是秋天的小蚊子实在太厉害了，最后我们仨被叮得到处是包,只好落荒而回。

月明花影深,虫鸣夜更静。

秋叶无声落,百卉此已尽。

调皮小儿女,墙外觅秋声。

小蚊不乐意,赠送大礼包。

大柳树下坡左右,中间全都是五六米宽的环湖路。那时候都是土路,但很干净,路边野花小草迎风摇曳,湖滨岸柳低垂。沿湖左行几百米,地势稍高,有一个大院,我们叫它高台子。高台子附近及小西湖湖边沿途有好多左公柳,它们都有很粗大的树干,约有100年的历史。听大人讲,清朝时,左宗棠率军西征,沿途遍栽柳树,有诗云:"新栽杨柳三千里,引得春风度玉关。"清代名将左宗棠一生爱柳,当时人们亲切地称他为"柳树将军",还有人说他是个"柳痴"。据说小西湖边的大柳树就是那时左宗棠派兵种的。

露西说我在幼儿园时,他们还和高台子里的孩子打架呢,这时大柳树大院(服务社大院)的孩子们就团结一致,一致对外,经常也是打得不分胜负,分久必合,合久必分。打架主要是男孩子,但是我们院子的孙蕾和露西也参与了。那时服务社大院的男孩子们经常也伙同露西、孙蕾和总院外的孩子打架。

我们班冬桔就在高台子住,4岁以前我家和冬桔家是邻居,我还是听冬桔姥姥说的。冬桔姥姥很慈祥,一见我就亲切地小林小林地叫

小西湖往事
——忆兰州军区总医院大院的快乐童年

我,到现在我还能记着她叫我亲切的声调。

我父母亲经常晚上不在家,尤其是我母亲,我不知道她为什么那么忙。因此,露西晚上经常就住在我家。想想那时的小孩真是幸福,学业也不重,晚上基本没作业,放了学就疯玩。我和露西都喜欢看小西湖夜景,夏天更是这样,月夜我们就坐在我家的后窗上:

云飘月静花弄影,水边夜看流星雨。
家中投石惊眠雀,湖畔柳笛夜飞声?

记不清是西北还是东北湖,有一个土山,男孩子们经常在那山上玩打仗,冲啊杀啊的。露西也经常与他们混在一起,打来打去。医院花墙里有一个家属大院,花墙附近还有许多专家小楼,花墙里住着许多我们脸熟却很少一起玩的小朋友,东湖北岸也有一大排平房,家家带小院。

三年困难时期过去后,家家户户开始养鸡了,我家东边墙壁与厕所间有很大的空地,我爸爸就在东边儿用竹竿密密地围成篱笆墙,靠着我家墙壁东侧,做了一个好大的鸡圈。

母亲和她的同学在小西湖八角庙合影
(左一立者我母亲,右一是杜桂珠阿姨)

与露西和小伙伴们相伴的日子 第三章

我母亲和她的战友同学们（右二为我母亲）

春天柳梢梅萼渐分明时，有河南人挑着担子来卖小鸡小鸭，我们家买了 10 只雏鸡，有白的、花的，好可爱呀！可是不久我不小心关门夹死了一只，爸爸起夜时踩死了一只，后来只存活了 6 只，大多是来亨鸡，来亨鸡是白的，是一个新品种，我们那时叫"洋鸡"，鸡长大了下的蛋也是白的。过了一阵，我爸的农村朋友送给我家几只土鸡，芦花鸡、九斤黄、黑母鸡，后来九斤黄长大了，脚上有毛，嘴上也有毛，下的蛋有时是双黄呢。

露西家有土鸡，却又买了鸭子、来亨鸡苗，我俩比谁家的鸡长得好。小鸡不怕人，毛茸茸的，放在手心上它啄我手一点也不疼，我经常给它们吃我剩下的饼干渣子。我发现我家抽屉里有一袋黑芝麻，我每天抓一小把，给它们吃一点，我也吃一点儿，不到一个月，那包芝麻就吃光了。不久，我们发现我家的鸡比露西和邻居家的都长得壮和大。邻居们都说你家的鸡可长得真好呀，露西也问我你喂它们吃啥了呀？我这才意识到也许是芝麻的缘故，但我没有告诉任何人，我怕露西说我故意隐瞒从而生我气，就说没喂什么呀。

每家鸡都是散养，都认识自家主人和自家的窝，鸡实际上是一种很聪明的动物，没有人教它们，它们从不越过大柳树下坡去湖边，就在全院前院后院地窜，从不出服务社大院。鸡能认得自家主人的声音。每天早上起床号一响，我就先放鸡，给鸡拌饭喂食，然后跑到露西家去梳头，之后又飞跑着去三灶吃饭，然后背着书包上学校。大约是四年级左右，那时春梅和冬桔就经常在湖边等我，我们三个就嘻嘻哈哈地迎着东方初升的太阳去上学。

下午放学的第一件事又是给鸡拌饭，拌好饭以后拿着瓷盆在院子的地上，一下一下地磕着，同时嘴里就咕——咕咕咕咕地叫着，我家的鸡就从几处兴奋地飞奔而来。也有别人家还没喂的鸡，在旁边想蹭食，但是又不敢靠得太近。我们家的鸡，因为有主人在，就高高地昂着头啄它们，然后猛吃。别人家的鸡夹着翅膀悻悻地低着头在旁边，瞅机会突然一伸头偷嘴吃，于是我发出"去去去"的声音，它们就自觉地跑得远远的。我家的鸡，吃饱了就又满院子地去疯跑了。

大约下午5点，鸡会早早就在鸡窝门口等着我给它们开门进窝，看到我就会叫着提醒我，我想忘掉都不行。我家有一只芦花母鸡特别可爱，屁股圆圆的、肥肥的，屁股上无毛，能看到黄黄的油，我给它起名叫"肉蛋蛋"。这只鸡谁见谁爱，每次吃完饭就会过来，在我的鞋子上啄两下表示友好、感谢，每当见我的鞋子和裤子上有泥点子时，就会过来啄得干干净净。露西想让"肉蛋蛋"啄她裤子上的泥，"肉蛋蛋"它根本不理会，所以露西会趁我不注意的时候踢"肉蛋蛋"。

冬天到了，有一天下大雪，我晚上关鸡窝关得较早没数鸡，以前也从来没数过，第二天早上放鸡时突然发现"肉蛋蛋"不见了！我没顾上去吃早饭就和爸爸去找，院里跑遍了也没有，后来在院外后窗下面的草堆里找到了，"肉蛋蛋"已经僵了，冻得硬邦邦的，早死了！爸爸说"肉蛋蛋"是冻得没有办法才出院子的，找到我家后墙后藏到干草里面，还是冻死了，我大哭了一场，只得去上学。"肉蛋蛋"是我最喜欢的一只鸡。从那以后每天关鸡窝，我都仔细看看数数。

露西家有八九只鸡，八九只鸭，一大群兔子。我再也没养兔子。我们院子西边戴教授家的戴夫人，我们叫她戴奶奶。戴奶奶胖胖的，她经常戴着一个男式帽子。她家在西南边儿，一排大房子里，她家像个大库房，中间有个很长很长的桌子，桌子上堆满了各式各样的东西。我们班同学乔林是她家邻居。我和露西常去戴奶奶家和乔林家玩，戴奶奶家有许多好看的小人书，不让带走，只能在她家看。

乔林的妈妈是服务社的梁阿姨。梁阿姨不让乔林夜里出门玩，我爸也不让我晚上出门，露西却经常挑唆我，看我家经常我一人，父母经常值班，就说我出去大人也不会知道。姚贤翠家事多，我就挑唆乔林晚上出门玩，乔林比我们听大人话，她一般晚上就在家里待着，每次去找乔林，她都在家看书。

那时候我和露西也有争执，争的问题永远是一个，就是谁长得漂亮。露西比我爱哭，露西爸爸因为有严重的关节炎，而且打仗负伤大大小小十七八次，肺部弹片也没取出来，属于"战残"，得以隔一天

小西湖往事
——忆兰州军区总医院大院的快乐童年

上一次班,因此我和露西是两天梳一次头。我的辫子长,头发也多,每次尹伯伯先给我梳头,露西就不高兴,就跟她爸爸闹,尹伯伯说:"小林是客人,先给你梳有啥理由?"露西则说:"我比她漂亮呀!"尹伯伯不同意,她就哭,所以每次只有先给她梳才可以。但是我的头发又多又长,梳的时间比较长,她又不高兴。如果有人说小林比露西漂亮,那可就不得了啦,她就会又哭又闹跟我掰扯,把给我的东西要回去,已经吃了的要我赔,闹着不跟我玩了。这时候她可记仇了,从不主动找我,每次都是我先去找她玩,哄她半天才跟我玩儿,而且哄她的过程必须是露西问我:是你漂亮还是我漂亮?我说她第一漂亮,我第二漂亮,露西又大哭,那声音……让我重说;我就说她最漂亮,可是沈阿姨、李阿姨说我也比较漂亮,她又哭着不干;直到我连说三遍:你漂亮我不漂亮!你漂亮我不漂亮!!你漂亮我不漂亮!!!露西才破涕为笑,哎,谁让她比我小呢。

那时候天上时有老鹰盘旋,家里养的鸡还小时,有段时间总院上空每天都会有一只老鹰光临,一会儿到高台子,一会儿去了花墙里,一会儿又上服务社大院来。每当老鹰飞过我们院子时,戴奶奶总是第一个发现。她虽然年事已高,但嗓门很大,底气很足:"老鹰来了,老鹰来了!"满院都是她洪亮的声音,其他家属听到也跟着喊。在家的人都忙着去招呼自家的鸡。大的鸡会自己躲避,年老的鸡则偏着头躲在屋檐下警惕地向天上看着,母鸡招呼着小鸡躲在自己的翅膀下,跟着公鸡和老鸡。那时的人真好,如果主人不在,邻居会帮着把鸡关进他们的鸡窝里。这天又来了老鹰,我家邻居郝阿姨上班去了,留下从北京来探亲的 8 岁的郝玲。我刚关好我家的鸡，看见郝玲在那儿不知所措，她家半大的鸡在院子里乱跑。我正想去帮她，老鹰高高地俯冲下来，只见一个大黑影在离我八九米、离郝玲四五米的地方叼走了她家一只半大的鸡。好大的老鹰啊，展开翅膀近一米。郝玲吓得拼命大哭起来，我吓得跌坐在地上，想喊救命，嗓子发紧喊不出声来。戴奶奶和邻居拿着扫帚和什么的从远处飞奔来，高喊着："老鹰叼小鸡啦！老鹰叼小鸡啦！"老鹰早飞了。这是我这辈子唯一一次这么近距离遭遇扑食的老鹰。那天那么精彩的一幕，露西却在家睡觉没看到。

我家的鸡都是母鸡。一天，我爸爸的农村朋友送给了他一只很大的公鸡，特别漂亮。抱回来的时候，全院的人都来参观，公鸡羽毛鲜艳夺目，五彩斑斓，在阳光下变幻着不同的色彩。那公鸡个头很大，威风凛凛，是只五六岁的鸡。戴奶奶说她看着有七八岁了，还有人说这是十年大的鸡。这只鸡有半米多高，大家都说这一辈子都没见过这么大的鸡，有人叫它鸡王，我因此很骄傲。

过了两天开学了。放学回来听邻居们说老鹰又来了，大公鸡站在高高的台子上偏着头大声向天上的老鹰发出咕咕咕咕的挑战声。大公鸡站在水泥台上跳来跳去，冲着天空奇怪地叫，从此，老鹰不再上我们院上空来了。这鸡也太厉害了！但是，大公鸡非常霸道，不但欺负院里所有公鸡，还要欺负小孩儿，小孩要是拿着吃的，它就冲过去用翅膀扇小孩。早上 5 点不到，它就打鸣，那声音大的，前院后院都能听见，吵得四邻不安。母亲经常是被吵醒了，就再睡不着了，很多邻居也不堪其扰，纷纷告状。不仅如此，它还不认主人，每天我早上放

小西湖往事
——忆兰州军区总医院大院的快乐童年

鸡时,门还没开,它等不及就啄木头门,把木门啄了个洞,出门还拿翅膀扇我,我非常怕它,给鸡拌饭,它等不及,就去抢院子里的小朋友的饭。连露西见它都绕着走,院里小孩都害怕我们家的大公鸡,这只漂亮的、我又爱又恨的鸡王只养了不到一个月,就被爸爸物归原主送回去了。

每年金风送爽,黄叶飘零之时,秋分到寒露期间,经常会看到天上有南飞的大雁排着整齐的队伍,有时是人字形,有时是一字形,有时还鸣叫着,在天空飞一圈儿恋恋不舍地向美丽的金城告别。

又到柳烟弥漫时,我家屋檐下的燕子又飞回来啦,小鸡也长大了,院里的土母鸡像互相传染似的,陆续抱窝了。抱窝的母鸡本就是自己家鸡孵出的鸡,不是挑担卖的那种洋鸡,洋鸡不会孵小鸡。我家就有农民朋友送的三只母鸡抱窝,爸爸把两只抱窝炸毛的鸡拿到水管下,用冷水冲全身之后,鸡就不抱窝了,只剩一只,让其抱窝。20多天后,小鸡孵出来了,毛茸茸的,可爱至极。我家鸡早开始下蛋了,那时我经常会有鸡蛋吃。

记得有一阵,总院大喇叭里经常播放歌剧《洪湖赤卫队》,我早就看过电影,歌剧却没看过,其中有一句,我咋也闹不明白,那就是韩英唱的:"彭霸天,丧天良,霸占田地,强占茅房……"我问露西:"彭霸天为啥要强占茅房呢?"露西想了想说:"不让那家人上厕所呗!""茅房有啥抢的吗?"我还是不明白,露西说:"抢了就抢了呗,不让上茅房就去野地里上就行了呗!"露西说我"咸吃萝卜淡操心"。可我就是想弄明白。我问母亲,母亲老是在想工作上的事,也对我的问题心不在焉。于是我找大辫子李阿姨，阿姨见到我很高兴，我把我的问题提出来，她听了半天说："我也没看过电影，演这个电影的时候我在值班，没看过歌剧。"我说："广播里天天在放呀，我都会唱了。"李阿姨说："我不太会唱歌，所以也没注意，只知道有歌声。"碰到姚贤翠，我又问她。她认真地想了想："不让上厕所，是想憋死她？"可我觉得好像不是这个意思，把人打死有可能，憋死好像没听说过。一天，爸爸休息，难得在家，于是我向爸爸提问，爸爸听了，笑了半天说："茅房在这里指的不是厕所，是那种用茅草盖的房子，穷人住不起砖瓦房，就住茅草房。这是一种非常简陋的房子，就是这种房子恶霸也不让他们住。""噢！"我这才明白。

11岁的我与表妹

小西湖往事
——忆兰州军区总医院大院的快乐童年

在我们大院儿里,我和露西经常去找乔林玩儿,跳皮筋,踢毽子,跳房子,捉迷藏,丢手绢。乔林是我们班的同学,也是和我一个院子的小朋友。有时候我们一起玩儿抓羊拐骨,羊拐骨是羊膝盖骨,那时候吃羊肉少,好在小西湖附近回民多,我们班上就有好几个回民同学,我们用铅笔、橡皮擦、刀片儿与他们换羊拐骨。羊拐骨拿回来,在火上稍微烤一下,然后涂上花花绿绿的颜色,很好看,可以拿在手中把玩。羊拐骨是那时候女孩子喜欢玩儿的一种游戏,谁有了羊拐骨都像宝贝一样藏好,我抓羊拐骨没有章法,乔林和露西就不一样了。

和露西、乔林、姚贤翠玩羊拐骨,很快我就败下阵来,在一边成了看客。那时我们院的小朋友,好像除了露西还可以与乔林做对手,其他的小朋友都不行,姚贤翠比我强,但她家事较多,经常带着弟妹,玩的时间较少。露西和乔林她俩的手都很灵活,尤其是乔林,她抓起羊拐骨来两只手上下翻飞,灵巧异常,眼疾手快,经常露西也不是她的对手。我最笨,我只能在一旁傻傻地观战。

我踢毽子、跳房子、跳橡皮筋都可以,但打倒立就不行了,打倒立还是乔林第一,露西第二,我打倒立,一会儿就坚持不住了,乔林能打很长时间,露西也可以。

有一阵我们不跟姚贤翠玩,姚贤翠为了跟我们玩儿,就拿她家的大白面馒头,给我和露西一人一个,我们就带她玩了。那时我们经常吃的就是马蹄子和苞谷面馍,很少吃白面的馒头,翠翠妈妈做的馒头是开花馒头,馒头又瓷实,上面有裂缝儿,特别好吃,味道永远难忘!

至今为止我再也没有吃过那样的馒头。

放假了,我、露西、乔林及其他我记不住名字的小朋友,有时结伴去医院里玩,果园豆腐房后面有很高的大木船,我们经常在那玩儿捉迷藏。

西湖小学在小西湖桥下的黄河边上,东面是十三病房——传染病房。我在西湖小学就学是因为爸爸曾在这里教学。总院有一部分孩子在这里上学,也有福利院和兽医学院的孩子,还有部分回民子弟。我们班宗明明是十三病房家属院的,她眼睛有点近视。有两个妹妹,如果我没记错的话,她们是宗星星、宗莉莉。我们总院有几个小伙伴从小学一年级到六年级都在一个班,总院大院里有我、乔林、冬桔、春梅、王梦燕、张雅丽、赵省珠、梁艳军等,还有一个女生叫赵妙娟,前几年因患卵巢癌去世。她住院时我去看过她,那时她已经病得不认得我了,很可惜。我们班男生有个叫葛林的,还有一个小名叫养孝的,可惜这两个同学也都不在人世了。记得养孝调皮,常揪女同学的辫子。我那时从不跟男生玩。赵省珠,个儿很高,我们叫她"大洋马"。有一阵天天黏在一起的是我们三人帮——冬桔、春梅和我。冬桔喜欢恶作剧,她有着短短的辫子,胖乎乎的脸庞。春梅个子比我高一点儿,她很文静,白白的,很秀气,梳着和我一样长的辫子。那时,除了露西外,又有了春梅、乔林和冬桔天玩得不亦乐乎。一次放假后,春梅从老家回来,给我和冬桔一人带了一块亮晶晶的盐块,我用舌头舔了一下,好咸哪,同学们好羡慕呀!我用小手绢包好,小心地放在衣袋里。冬桔则拿着它显摆,四处炫耀，同学们都想看一下，冬桔就拿着盐块对着太阳看说，有鲜花，有小鸟，惹得同学们都想看，可她就不给看。后来一个同学给她一块橡皮，她才让她看了一会儿……

等露西放学回来，我也显摆，让她看我的盐块，露西又舔又看，舍不得还我，我要，她不给，说玩会儿就给我，可是一溜烟就不见了，我正要去追，母亲喊我："一天都不喂鸡，鸡都要饿死了，你要不要吃鸡蛋？"于是我只好去喂鸡。

露西从她家窗子上跳下来，闪身进了我家："我想了个办法，把它敲成两块了！"原来方方正正的一块盐成了两个扁块，敲得也不太平整。露西说："舔舔就平了，我帮你舔。"我一把夺过盐块说，再舔就没有啦！没办法，只好这样了！

我对露西说："春梅说她老家有好多盐，多得都用盐铺马路、盖房子搭桥。"露西说我骗人。

记得大约是四年级时，我们那时候刚学写作文，我的一篇描写春天的作文受到了老师的好评，作为范文在班上读，我不知道其他同学能不能记住这件事，但这件事我却终生难忘。

和露西约好星期天去湖边抓蜻蜓，我们用一个蜻蜓和院里小朋友交换一块糖、一个橡皮擦、大半支铅笔还有其他……因为蜻蜓放在家里可以晚上抓蚊子，别人也不知道我和露西怎么能抓住那么多蜻蜓。这是我和露西的秘密，我俩拉过钩，我们谁都不会告诉！

总院可爱的"40后"发小们(照片提供者:赵翔)

一大早,露西就趴在窗户上告诉我,她不能和我去抓蜻蜓了,尹伯伯要领她去老战友家玩儿!我听了后,嘴噘得高高的。露西看我不高兴,就从口袋里翻出一个一分钱和一个五分钱,又在口袋里翻了半天,再没有钱了。她犹豫着,想把一分钱给我又觉得太少,五分钱又舍不得,于是又在口袋里翻了半天,想再找出一分钱,但无果,于是只好把那一分钱装起来,犹豫半天,把五分钱钢镚儿放在我手心里:"买好吃的去!"我才稍稍有些安慰。露西偶尔会给我一分钱、两分钱,这一下给了我五分钱,我好高兴啊!我爸妈从来不给我钱的。我把钱藏到口袋里,生怕丢了。我要把这五分钱给协理员叔叔存起来。在服务社的旁边,有个小小的储蓄所,由协理员兼管着。

我刚一出门就碰到春梅和冬桔从大柳树那边往我家走。我急忙跑过去问:"呀!上哪儿玩?"一边说一边用手绢擦鼻涕,不小心那个

小西湖往事

——忆兰州军区总医院大院的快乐童年

"50后"发小们在小西湖旁边的八角庙边玩耍
（照片提供者：赵翔）

五分钱滚出来，咕噜咕噜滚在地上转了半天，被春梅用手一下捂在地上。冬桔早就看见啦，"呀，五分钱，你妈给你的？有好吃的啦！"冬桔高叫着，蹦跳着一把抢过，我急忙去抢："是露西给我的。"冬桔说："她家这么有钱？"说话间，我一把抢过钱，急忙放在口袋里。她俩瞪着眼睛看我。冬桔说："我家从来不给我钱，这么多钱，能买好多好吃的呢！"春梅说："还能买小人书呢！"我说："我爸妈也不给我钱。"冬桔热情地拉着我的手对我说："我们去服务社看看吧？"我犹豫不决地说："我想找协理员帮我把钱存起来。"冬桔说："那你妈妈还给你钱吗？"我说不会，冬桔又说："存钱存钱，你存了五分钱，后面又不存，那叫什么存钱呀？老了也只有五分钱。"我一想是这个理呀！于是，我就说："可是我想吃酿皮子。"春梅问："酿皮子是什么东西？"冬桔："我哥曾经买过，确实挺好吃的，都是回民在卖，有挑担的也有摆摊的。"春梅说："没大人领我们怎么去买呀？在外面吃东西影响多不好呀!"冬桔反驳道:"那有什么,买卖公平嘛,八项注意都说了,又不是不给钱!"冬桔眼珠一转说:"我想起来了,木楼那边儿有个缺口,可以看到回民街。"冬桔带着我们沿着东湖岸边向东边木楼走去。还没走到木楼那边,冬桔对我说:"小林,你先把钱给我,我去到服务社找梁阿姨换成零的。"我犹豫着把钱给了冬桔,她飞快地跑去。春梅说:"不知道她又在搞什么鬼!"

不一会儿,兴奋得满脸通红的冬桔回到我俩面前摊开手,手心有五个一分钱。我问她要钱,冬桔不给我,说:"放心吧小林,钱是你的,待会儿你俩等着吃就行了。"我俩跟着冬桔跑到木楼旁边儿。我第一次这么近地靠近木楼,门锁着,都说这里也有鬼,我们都不敢朝木楼里面看。靠近木楼东边的围墙有豁口,豁口下面有两三块青砖,冬桔说星期六晚上放电影,外面的坏小子就是从这豁口翻进来,进医院里面看电影的。可以看得出来,那个墙已经补了几次,又被人家扒开了。春梅说:"进到这小西湖,也进不到医院里面去啊,怎么我看着还有外面的小孩在医院里面看电影和节目?"我说:"会不会他们是从黄河游过去进医院了呀?"冬桔说:"别说那么多没用的,你们看!"我踮着脚踩着青砖,从那个豁口往外看,看到了一条南北向窄窄的街,有十来个小摊子,上面搭着白色的布棚子,都是那些女人戴着头巾、男人戴着小白帽的回民经营的。我上学时天天在外面路过那里,可是从来都没有进去逛过。现在我看到有卖干果的,有卖大饼的,第三个摊位是卖酿皮子的,有一个玻璃橱窗,酿皮子就装在那里。摊主是个大妈,头上戴着少数民族特有的纱巾。那摊子离墙有二十几米。

小西湖往事

——忆兰州军区总医院大院的快乐童年

我们三个之中春梅最高,其次是我,最后是冬桔,冬桔踩在青砖上踮着脚勉强看到外面。冬桔让春梅站上去叫那个大妈,春梅不敢,冬桔又让我上去,我也不敢。冬桔说你俩白长得比我高了。冬桔在附近的地上东找西找,居然找到了一块石头放在青砖上,站上去看了一会儿,就听见她说:"小孩儿,你过来。"一会儿就听着一个小孩说:"做啥你?"冬桔说:"你过去把那个卖酿皮子的奶奶叫过来。"那小孩不干,冬桔又说:"你把我认哈,星期六的晚上七点半我在医院大门口等你,我把你带进来看电影,就说你是我表弟。""真的吗?""骗你不是人。"那小孩跑走了,不一会儿就听着一个苍老的声音:"是你要酿皮子吗?四分钱一个,我给你端去。"不一会儿,酿皮子就端来了。冬桔停了一会儿说:"奶奶我不要了。"对方发火了:"你这个娃,怎么耍人呢?"冬桔忙说:"不是的,奶奶,我跑得急,掉了一分钱,只有三分钱了。"对方犹豫了一下:"加起(去)行呢,三分钱就三分钱,端着吃起。"冬桔小心地端着碗下来,香气弥漫在空中,我和春梅都咽着口水,不错眼珠地盯着冬桔手里的碗。冬桔下来就准备开吃,忽然想起什么,把碗推到我手里:"钱是你的,你先吃。"我费力地眨着眼睛大大地咽了一口口水说:"还是你先吃吧,我们两个笨,没有你我们也买不到酿皮子吃。"冬桔毫不客气地急忙拿过碗,快速地吃起来。我使劲地搓着手,忽然春梅踮起脚来,我大叫,一把从冬桔手里夺过碗:"快吃了半碗了!"冬桔不好意思地说:"你不说我都能吃完,就是有点辣。"我迫不及待地吃了一大口,腮帮子撑得鼓鼓的。我忽然看到春梅焦虑的眼神,于是我把碗递给春梅,我俩一起吃。我俩你一筷子,我一筷子，很快就见碗底了。我们把碗上的芝麻一粒粒用手指尖沾着吃得一粒不剩，用舌头把碗里的辣椒油舔得干干净净，才去还碗。我们三个百无聊赖地漫步在小西湖边。我说："冬桔你咋这么鬼呀！"冬桔说："这不叫鬼，这叫聪明！"春梅说："这样不太好吧？"我们都不说话了。

我们仨去了服务社，梁阿姨看我们到来，笑眯眯地走了过来问我们想要点啥。服务社的大棒棒糖好贵呀，一分钱一个。我们只有两分钱，就用一分钱买了块糖分着吃了，还剩一分钱，冬桔说小西湖桥头大豆便宜，给的还多，哪天我们去数大豆，我们都同意了。

妇科楼下的草地，那时我们经常在草坪上翻跟头
（照片提供者：刘叶玲）

小西湖往事

——忆兰州军区总医院大院的快乐童年

我家经常没大人，自由自在，冬桔和春梅说我家干什么都方便，靠湖看景也方便，离服务社又近。我们一会儿跳橡皮筋，一会儿踢毽子，三人又挤在打开的窗户上面对着小西湖和大庙，大声地唱："太阳当空照，花儿对我笑，小鸟说早早早，你为什么背上小书包？我去上学校，天天不迟到，爱学习爱劳动，长大要为人民立功劳。"看到大庙，我们又说儿歌："从前有座山，山里有个庙，庙里有个缸，缸里有个盆，盆里有个碗，碗里有个勺，勺里有块糖，我吃了你馋了，我的故事讲完了。"我家窗台上，只能坐两个小孩，但是我们三个挤在一起，挤着坐也有儿歌："挤，挤，挤酱油，挤出来粑粑换糖球。"戴奶奶提着一只很大的老鼠走进我家："小林，你家好热闹！"冬桔则说："奶奶，我们三个几门功课都考了5分，老师表扬我们呢！"戴奶奶说："哎呀，那可真好呀！"

小西湖桥头每天有一个看不出年龄的、穿着旧得看不出颜色的衣服的"红二团"（兰州山里的妇女的脸被山风吹得脸上有两个很大的红团，我们叫她们"红二团"）妇女挎着篮子卖大豆："大豆，大豆，甘肃的大豆，又干又酥，一分钱50个。"学生路过都看一看，然后就走了，因为都没钱，只有极少数人买。放学后，我们路过桥头，冬桔去买，我和春梅躲得远远的，生怕有同学看见我们在买东西，冬桔则不管，蹲在桥头和那"红二团"数大豆，冬桔生怕"红二团"数得不对，自己数了两遍，又把小的换成大的，这才用手绢托着大豆，兴冲冲地找到躲在一边的我俩："噢吆，至于吗，吃的时候好像没有这样呀！"我俩把冬桔拉到一个僻静的地方，也蹲在地上和她又一起数了一遍，确实是50个，冬桔分给我们一人15个，剩下5个给我3个，她俩一人一个。

那时每天作业很少，下午4点多就放学了，冬桔和春梅就在我家写作业，作业不过是几个生字两道算术题，认真的话10分钟就能做完，但我们一会儿玩这一会儿说那，磨磨唧唧快两小时才写完。

一天，冬桔突然发现我家桌上多了一个大玻璃瓶，瓶里装了满满的肉松。于是我们每天第一件事，就是琢磨着怎么吃那个肉松而不让家长看出来肉松少。我们拿出一些肉松，然后拿筷子把瓶里的肉松翻一下，肉松就看不出来少，但一个多星期后就不行了，终于被母亲发现。问及之后她也没说我，但瓶子被放到柜顶高处，周末家人聚齐时才吃一次。后来我们每天下午放学就只能站在柜子前"望瓶兴叹"，回忆以往一起吃肉松的快乐。

少时不知愁，结伴湖边游。
兴尽来我家，快乐又无忧。
伙伴眼睛尖，发现瓶中肴。
天天小算计，日日尝美食。
终于被发现，瓶置柜顶头。
姐妹伸长颈，每日望瓶愁。
瞅瞅解眼馋，技穷又无辙。

我们班有三个福利院的孩子，一个女孩两个男孩，其中有一个男

小西湖往事
——忆兰州军区总医院大院的快乐童年

孩子好像是抗美援朝战士的遗孤，他们都比我们大一两岁，个子也较高，坐在教室最后排。有一女孩子好像叫余水珍，特老实，不爱说话，听说是被家长抛弃的，我没有见过她笑，她也不同任何人说话。下课了，女同学们踢毽子，玩跳皮筋，跳房子；男孩子打蛋子，打毛猴，滚铁环。安静的教室里，只剩发呆的余水珍一个人。她除了上厕所从来不出教室。我对她很好奇，不知她为什么这样。我看她坐在教室不出来，就想起以前我在幼儿园的时候，没人接我我会很难过，但是我有李阿姨、沈阿姨、大姨还有郝教授、露西一家、花花……余水珍则什么也没有。

一天下课，我走到她跟前说："你出去跟大家一起玩儿吧。"她看了看我，眼睛躲闪着在一旁没有吭声，我只好自己出去了。

冬天过后，我们脱下冬衣换了夹衣，我看到福利院的3个孩子，他们都没有夹衣换。福利院的男孩子穿的都是一身深蓝色的棉衣裤，厚厚的，余水珍的棉衣裤也是厚厚的，酱紫色的，又大又长，快到膝盖了，可以连续穿好几年都不会显小。我问余水珍："你不热吗？"她低着头小声说："我没有夹衣换的，只有夏天了，我才有衬衣换。"

记得有一年元旦前，老师教我们自己动手做贺年卡，送给自己的亲人和喜欢的人。我做了好多，父母亲各一个，老师一个，大姨一个，露西一个，常玩儿的几个同学各一个，最后一个，我下课后轻轻地放在余水珍的书桌上说："送给你！"冬桔看见非要问我怎么回事，我不想和她说那么多，就说余水珍是我爸朋友的亲戚的孩子，冬桔狐疑地刨根问底，我就不高兴了。

冬桔、春梅我们三人经常跑到服务社里去看,在服务社里流连忘返,仔仔细细地看着那些美好诱人的食品。来啥好吃的东西了,我们早早就知道,但是都没有钱,仅仅是看看而已,看看这个评价一番,看看那个猜猜价格,想象着它们的美妙味道。这时梁阿姨就会笑着过来问想要什么呀,我们就说过两天有钱了我们再来。偶尔母亲会给我留一两分钱,叫我打醋或打酱油,每当打好酱油和醋走出服务社时,冬桔总是第一个说让她先尝一口,然后我也是急不可耐地喝一口,最后是春梅喝一口,回到我家再一人喝一口,冬桔还想尝,我说不能再尝了。我记得我们那时候都比较爱喝醋,实际上醋打回来每天都在那里,我一个人时从来都不去喝。

夏日小西湖(照片提供者:魏世华)

小西湖往事

——忆兰州军区总医院大院的快乐童年

记不清是哪个湖上有一个野鸭岛,每年的四五月份,有那么一天,你就会看到野鸭妈妈带领着一群刚破壳而出的毛茸茸的小野鸭出现在小西湖上。它们自由自在地在湖面上觅食畅游,野鸭妈妈会时不时地大声"嘎嘎"地叫着,好像在宣布自己一家的存在。这给美丽的小西湖增添了勃勃生机。我听爸爸讲,野鸭子与家鸭不同的是,野鸭妈妈是自己孵化小鸭的,而家鸭则是由母鸡来代替孵化小鸭子的,真叫人感到不可思议。

野鸭每年大约产两次蛋,四五月份一次,10月、11月一次。每当野鸭产蛋的季节,时不时就会有会游泳的调皮胆大的男孩子趁大人不注意,嘴里叼着小篮子跳到湖里,游到野鸭岛上去摸野鸭蛋。露西的哥哥迪武就经常干这事。我和露西站在湖边,迪武一游到湖边,露西总是第一个跑上前从他嘴里拿下小篮,转身脚不沾地地往家跑,我于是紧随其后直奔厨房……虽然总院那时候不让在小西湖里游泳,但野鸭蛋的美味对孩子们来说有很大的吸引力和诱惑力。

迪武哥哥夏天经常带着总院里的几个大胆调皮的男孩子,到黄河里去游泳。他们经常从总院这边的黄河边一直游到十里店桥头的黄河边。那边好像叫徐家湾,有许多农民的菜地,种着茄子、辣子、西红柿、黄瓜等蔬菜,迪武他们就会趁着没人的时候偷一些黄瓜和西红柿吃,撑得肚子溜圆,然后再下黄河游回总院。

冬天来了,湖边的孩子们都迫不及待地盼望着湖水早日结冰,盼望着快乐的寒假,几乎每年都有男孩子因冰层不够结实就下湖滑冰而落入水中的事发生。好在都有大人们及时救上来。我家因为靠湖,记

与露西和小伙伴们相伴的日子 第 三 章

不清是哪一年,我就在窗前看见了比较惊险的"连环救",先是一个男孩落入水中,旁边的小伙伴大声呼救,于是有战士跑去施救,但因冰不结实也落入水中,另一个较瘦小的战士为减轻重量,迅速脱去全身衣物,只剩内裤,趴在冰上前去施救,但还是不幸落水,最后有几个战士手里拿着长长的竹梯伸入水中,把落水的三人一一救出。每年临近冬天,总院都会院里院外、会前会后地强调家长们要教育小孩慎重滑冰,但此种事件经常上演,只是惊险程度不同,好在没有出过大事。

大约是9岁那年冬天,爸爸给我买了一双挺大的溜冰鞋,鞋头前面塞满了报纸和棉花,这样可以多穿几年。冬季来临,西湖水开始结冰。往年冬天,露西和我拿着她爸给我们做的冰车在冰上滑来滑去,挺有意思的!我家就我一个孩子,也没有冰车,露西的哥哥迪武就推着我或露西在冰上飞跑着。我们都穿着厚棉衣,经常跑着跑着车就翻了。我或露西摔在冰上,一点儿也不疼,就怕有的人滑冰过来把我们手划了。放寒假,有了溜冰鞋我就开始学滑冰。我们服务社大院里,有溜冰鞋的人不多,小孩子中好像还没有人有溜冰鞋,花墙那边的高级知识分子、专家们的孩子们,几乎个个都有溜冰鞋。总院里的大人们,有几个叔叔阿姨冰滑得很好,倒滑、顺滑、连续旋转、踢腿等花样繁多,还有的能在冰上跳跃,做一些复杂的动作,行动像流星追月,看得人眼花缭乱,我们很羡慕。

我很快学会了滑冰,但是不敢倒滑,也不会复杂的动作。我只是滑得非常溜,飞也似的在冰上滑,会比较简单的动作。院里的小朋友都找我玩。孙蕾带着弟妹每天来找我,再也不和露西打架了,和我们都成了好朋友。

我家搬到靠湖边那排房后,孙蕾搬到我家原住的房。我很大方,每天我先滑冰,玩累了就该轮到露西了,但是露西的脚太小,她滑不成。我们大院的孩子和冬桔,都排着队耐心地等着我滑完他们再挨个滑,然后争着抢着让我坐他们的冰车推着我玩。我们院里凡是能穿上我溜冰鞋的人,好像都借过我的鞋。每天来我家借溜冰鞋的人络绎不绝,母亲中午睡觉不堪其扰,后来就把溜冰鞋放在窗台上,谁滑完了就自己放在窗台上,谁再滑就自取自放。

溜冰鞋是1963年冬天买的,穿了3个冬天,到最后1965年冬,我的脚很费劲才能穿进去。

一般女孩都不抽陀螺,露西还会抽陀螺,我怎么也学不会。陀螺又叫冰猴,那是一种用木头削成的小孩拳头大的木疙瘩,底下是尖的,一般是男孩子玩的。露西打得很溜,用鞭子抽一下,陀螺就会飞快地旋转,要不停地抽,让其在冰上不停旋转。谁能让冰猴在冰上旋转得时间长,不倒下,谁就是冰猴大王,露西和她哥哥迪武好像都当过冰猴大王。

不管是暑假还是寒假,放假都是最美好的时光。这天露西与她爸爸不知去了哪里,我和春梅、冬桔去了黄河边,看到一辆马车,从结了冰的黄河北岸向南岸驰来,冬桔突然说:"你们敢在黄河上滑冰吗?"春梅说:"不可能,不能在黄河上滑冰,很危险!"冬桔说:"马车都可以过,你们难道比马车重吗?小林你敢吗?"我知道我不敢,我说我得晚上跟露西说。冬桔说:"如果是我会滑冰,我就敢!这么大的黄河一个人在上面滑，是多么自在的一件事！"

我也觉得在小西湖滑冰人太多，还有芦苇根。一次我不小心被芦苇根绊倒了，那是我摔得最重的一次，冰面不仅偶有芦苇，有时候还有外面的人，大多是孩子们（我们那时叫他们野孩子）跑来总院小西湖来滑冰，这时候我们就会与他们发生冲突。要是速滑的话，小西湖确实没有在大黄河上畅快。

晚上我去露西家，那时露西家还没有溜冰鞋，她也不会滑冰。我对她说了冬桔说的话，我本只不过是说说而已，露西说："哎，这是个好主意，我怎么就没有想到呢，把冰车放到黄河上滑该多有意思呀，多宽敞，总院外面的人们就在黄河边滑冰车呢，明天我们去黄河滑冰车玩！"突然，门一下被尹伯伯推开了，他说："小林，你真会出馊主意呀，黄河上怎么能玩儿呢？你现在也不乖了，总院几个湖不够你们滑？露西你要是去黄河玩，我把你的腿打断！小林也不许跟同学去黄河上玩，不然我告诉你爸爸妈妈！"原来里屋的尹伯伯听见我和露西说的话了！小时候，黄河冬天会结很厚的冰，有时会有马车、驴车、人从冰上过河，数九寒天，冰实际上是冻得非常结实的。近年来受全球气候变暖影响，兰州天气也越来越热了，现在冬天河里基本上不结冰了。

在黄河上滑冰这事就搁浅了，冬桔感到非常失望。

那时乔林经常带我到高台子大院（有人叫新院子大院，也有人叫新房子大院）找小朋友玩，她认识一个叫李红鑫的小朋友。这个小朋友是兰州市东郊小学的住校生（东郊小学是中国人民解放军西北军区

小西湖往事
——忆兰州军区总医院大院的快乐童年

所属的保育性质的子弟学校,总院有少部分孩子在那儿住校上学),经常不能回小西湖,只有寒暑假和个别周末才能回来。每次找她玩,都会有一个叫刘彩旗的小朋友和她在一起。她俩也经常到服务社大院找我们玩。经常一起玩儿的还有我们服务社东院子的赵翠莲。我小时候记忆最深的就是玩儿,我们在一起跳房子,跳皮筋,唱儿歌,讲故事,捉迷藏,天天开心,快乐得不得了。

夏天放假了,我们小朋友会结伴去黄河边玩去。露西拿着一个小铲子,我和乔林、露西会把黄河边上的泥用铲挖出来,分为三份,我们人手一块各自在河边忙碌起来。亲近泥土是人与生俱来的天性,这是我们比较喜欢的一种游戏。我们各自发挥着自己的想象力和创造力。我用泥巴捏出一个大圈儿,旁边有小亭子,圈边竖着的几个棍子上面也有一团泥,她俩都看不懂,露西说你这是什么呀?我指着圈儿说:"笨死了,小西湖呀!中间那个亭子是大庙嘛,湖边是树。"她俩嘻嘻哈哈笑起来说一点儿不像,可是我觉得太像了。看乔林的,她捏了一条火车,嗯,像一条长长的蛆。露西捏一群兔子,一点儿不像,好像一群黄鼠狼。就这样,一会儿你捏一群鸡,一会儿她捏一群羊,整整一下午,那块泥巴在我们手里,变换成各种我们所能想象的东西和动物……

第四章

小西湖，我的家乡，我的成长

我记得是 1964 年夏天（如果没记错的话，是 7 月 20 日左右），兰州遭遇了几十年不遇的大洪水，黄河一个劲地往上涨。总院抽出了大部分官兵日夜奋战在黄河边上。母亲和阿姨们都缝大沙包，叔叔们则把大沙包垒在河边筑起一道防洪堤来。记得那年特别的热，大家挥汗如雨，马不停蹄地抗洪。我们已放暑假，协理员叔叔把院里高年级的同学组织起来给抗洪工地送水送饭，还有高年级的小姐姐们排练节目慰问抗洪的叔叔阿姨。大院里我、乔林、孙蕾、姚贤翠、赵翠莲（露西岁数小一点，没有她），还有一个记不住名字的小朋友跟我们是一个组的，当时还觉得又好玩又紧张。黄河在兰州段历来很温柔，很平缓，叔叔们不让我们靠近黄河那边，当我们站在河岸边一个大土堆上，看到了平时安静舒缓的黄河此刻狰狞可怖的另一面：黄水滔滔，黄浪拍打着岸边的堤坝发出很大声响，这是以前没见过的情景，我们都惊呆了，这时才意识到情况有多严峻，听说中山大桥桥面与黄河河面只差一米，快持平了。

小西湖往事
——忆兰州军区总医院大院的快乐童年

1964年，兰州段黄河发洪水，河水水面快接近桥面了
（照片提供者：魏世华）

汹涌澎湃的黄河中不时有一些西瓜和其他东西随着黄浪时隐时现漂浮着，我还看见过已经淹死的泡得白白的圆鼓鼓的猪在黄浪里翻滚……

我拿了一个大蒲扇，给汗流浃背的叔叔们这个扇扇，那个扇扇，我也满头大汗。我看到一个大的缺口，叔叔们正在垒沙袋。我们看到黄河上有一个个大漩涡飞快地旋转，黄河水几乎与岸边地面持平，好像要溢出河岸。两天后大人们就不让我们再去，怕有危险，好在水没有再涨，但也没退。

大河涨水小河满，小西湖的水在黄河涨水后没几天也上涨了，去三灶的路（也是路过大庙的路）被水淹了，中间可隐可现一条小路，湿漉漉的很滑，必须穿着高筒雨靴才勉强可走，不小心会掉湖里，后来小路就被湖水完全淹没了，去住院部上班的人只得绕道。我一天三顿饭就得绕啊绕半天，真烦！后来三灶也进水了，我们只得暂时在大灶吃饭。

高台子大院位置高，不怕湖水淹上去。我们服务社大院比高台子低一些，但也比小西湖高出两米多。为以防万一，靠湖这排家家都把怕水的东西放在高处，我家也是，箱子都架在柜顶上。看着一面墙的东西，我问母亲，这是不是打仗电影上讲的"坚壁清野"？记得有天夜里大雨，早上一醒来，家里已经进了浅浅的水，一些小铝碗、搪瓷小碟像小船一样都在水上漂着。

兰州西面有个工业重镇——西固。那里的兰州炼油厂靠近南山的平房招待所，1964年夏天的一天夜里，许多探亲的家属和出差的人们在睡梦中被山上下来的泥石流淹没了。后来为了防洪，在南山与兰炼、兰化两大石化企业的福利区之间修筑了一条东西走向的大坝。

在黄河边抗洪时，我们每天看到有飞机向西边飞，大人说是往西固运送救灾物资的。

金城七月如火流，

水浪翻滚似黄龙。

叔叔阿姨来抗洪，

日夜奋战河滩头。

黄水滔天向东流，

好似野马奔腾游。

总院官兵齐上阵，

水患终于不再留。

小西湖往事
——忆兰州军区总医院大院的快乐童年

洪水终于退了。乔林、孙蕾我们几个到总院外的黄河边,看到河边退水的地上全是身上沾满泥的小鱼蹦蹦跳跳,有许多市民、小孩在捡拾。回家后我赶紧告诉露西,她拿着小盆和我飞快地跑到院内河边,可是鱼早被捡没了。我们又奔到院外河边,既没人也没鱼。露西一脸沮丧,责怪我不第一时间早早告诉她。

大约是我四年级的时候,一次,班主任老师说:"骆小林,你现在叫骆小林,长大了也叫骆小林,老了还叫骆小林吗?"于是我回家后缠着爸爸给我改名字,我不要这个名字。爸爸没办法就给我重新起名叫骆苑,冬桔得知后说:"小林你不许改名!什么锣圆锣扁的难听死了,小林多好听,你如果改名字,我和春梅都不和你玩了!"我则说:

总院住院部大楼,远处能看到门诊小楼 (照片提供者:杜桂珠)

"不玩就不玩，我偏要改。"春梅说："骆苑也挺好听的，就是不习惯。"改名以后同学们开始都不习惯，但谁要叫我骆小林我就不吭声，一年以后同学都改口叫我骆苑了，但连老师点名都发音成罗园，大家就叫我罗园，后来我离开总医院，同学给我写信，也都是写罗园收。服务社大院的人好像都没有改口，还是叫我小林，只有乔林除外，2015年6月，40多年不见的乔林一见我就叫我罗园。

我爸爸的农民朋友又送给他一只公鸡，那只公鸡比起我家以前那只威风凛凛、霸气十足、神气活现的大红公鸡鸡王来说，就显得太干巴瘦小了，不配叫公鸡，"曾经沧海难为水"。我不喜欢这只鸡，就给这只公鸡起名为"柴棍子"。

记得四五年级的时候，是过六一儿童节，我父亲给我们七三小（西湖小学）联系了崔家崖公社崔家大滩大队小学，联合办六一联欢，老师带领四、五、六年级学生去大滩小学，我校高年级的姐姐们表演了节目，节目是舞蹈，挑得大多都是我们总院的小姐姐，崔家大滩小学表演的节目主要是一个叫崔金梅的女孩儿唱歌、跳舞，那女孩个子要比我高，她挺活泼，挺可爱的，我看到总院跳舞的小姐姐们与崔金梅互留了通信地址。

大约5年后，差俩月16岁的我到崔家大滩去插队，当时分到大滩小学教书，没读过多少书的我，在那里"误人子弟"两年，教音乐和一年级，但绝对是兢兢业业。不久，我遇到了崔金梅，我向她讲述了5年前的事。她听得很激动，邀我去她家玩儿。我当时觉得也许是长大了，她没以前活泼了。我到她家去了一次，她家的人都受宠若惊，我

小西湖往事
——忆兰州军区总医院大院的快乐童年

俩聊了一下午，回来后别人告诉我，她是村里的地主子女，她家被管制着，让我再别去她家了，我就再没有去过她家。我在大滩两年，我观察她，经常是沉默寡言，很少欢笑，目不斜视低头走路，独来独往。后来听别人说20世纪70年代后期各村都有了秦腔队，崔金梅因为嗓音好有表演才能，被吸收到秦腔队，经常担任主角，逢年过节去各村各队演出。

露西家的兔子生小兔子啦，我和露西想着小兔子是什么样子，尹伯伯说要有耐心，小兔子一个多月才会出来呢。都一个月了，我们也没见兔子出来，兔妈妈在兔子窝里打了一个很深很长的洞，兔妈妈就在那个洞里生的小兔子。我和露西就趁尹伯伯不在家时，拿一根长长的棍子，棍头上绑着粗铁丝捅最里面的洞，捅得兔妈妈待不住就出来了。又捅一会儿，出来了一只小小的兔子，太可爱了！露西一把揪住，我也想要。兔兔咋这么小，才有我的手大。大兔在地上不安地看着我们，我们两个人又亲又抱，换着抱着小兔兔玩了一会儿。我说兔子咋不像小猫一样舔我呀，你看它的嘴老微微地颤动，好像吓坏了。我想把兔兔抱回家玩儿一天，露西说不行，兔兔还在吃奶呢，然后就把小兔放在洞口之后，拿棍子又把它捅进洞去。

傍晚尹伯伯回来啦，大发雷霆，原来兔妈妈回去就嗅到了小兔兔身上有异味，异味又传给其他兔兔，兔妈妈就把一窝小兔子都咬死了。兔窝里外都惨不忍睹，那次我和露西都哭得好伤心呢。

一天，我家的母鸡死了。它是下蛋的时候卧着死的，脸色白白的，一点儿血色都没有了。第二天，又有个下蛋的母鸡死了，第三天又是一个母鸡死了。我们靠湖的这一排平房家的人，家家户户的母鸡，都是下蛋时死的，一个接一个。有人说是黄鼠狼，有人说是其他的什么动物吸血了。我爸爸下了一个夹子，第二天，不但没有夹住偷鸡贼，却把我家唯一的公鸡"柴棍子"的腿夹断了，我爸只好把它杀了吃。

总院周六放了电影，这个电影名叫《英雄儿女》，非常好看，是讲抗美援朝志愿军的英勇事迹的，当我刚看到王芳时，我叫道："露西上电影了！"露西小时候长得漂亮，猛一看她就是王芳的翻版，因此露西很骄傲，头老是昂得高高的，像个好斗的公鸡！

不知道从啥时候起，我有时喜欢一个人静静地坐在小西湖边，观赏小西湖四季迥异的美景。无风时，小西湖水宛若处子，波平如镜，柔风袭来，波光粼粼。湖水像明丽双眸射出迷人的眼波，翡翠一样的湖水中露西家的白鸭嬉戏游弋。偶有一条鱼跃出湖面，在空中画一个弧，又落入水中，就会有一个涟漪，一圈儿一圈儿又一圈儿，任我做梦，让我遐想，让我仿佛进入了童话世界……

春天是小西湖最美的季节：春回大地，绿满金城，染柳烟浓，我家屋檐下的燕子回来做窝了。柳丝发芽时，如烟似雾弥漫在湖周，又像绿色的轻纱飘逸。吹面不寒的杨柳风荡起轻盈的柳枝如少女的秀发，柔美的风姿给灵动的小西湖增添了妩媚魅力。

春晨，小西湖像刚刚苏醒的美丽少女，娉娉婷婷，注视着美丽人间。

小西湖往事
——忆兰州军区总医院大院的快乐童年

大雨之后,小西湖又像一幅浓淡相宜的水墨画,水汽氤氲,亦梦亦幻,又如轻纱遮面,半含半露。

傍晚,夕阳西下,湖面洒金,云霞瑰丽,湖光跃影,鸭雀归家。

盛夏,金城七月落百花,落日熔金,紫霞飞红,蛙鼓阵阵,蝶飞燕舞。光影在湖面与景物间变幻,绿色在湖里湖外处蔓延。

深秋,金风飘叶鲤鱼肥,来鸿去燕不相识。秋虫月下喃,秋叶风中黄,红稀香又少,黄肥绿又瘦。小西湖高挂玲珑月,五彩云朝飞暮又卷。

寒冬,风飘飘,雪萧萧,冰晶玉洁,冰莹雪香,打雪仗来堆雪人,冰天雪地滑冰忙。坐冰车、抽冰猴,滚着铁环上冰场。你一来,我一往,不分男女与老少。冰雪香人欢笑,大人小孩儿穿梭忙。冰刀闪,花样多,天天冰场如赛场。

总院北面,青山仰止,黛青点点,大河横陈,河水长流。

总院南面,大庙旁,湖道边,青草四周连,晓风吹散西湖雨,人在西湖边。

小西湖水边多丽人,总院大院出俊儿。

总院里面,铺青叠绿,槐树、榆树、柳树、杨树,树树堆翠,万紫千红;梨园、果园、菜园、花园,园园飘香。

总院外面,我们院子一柳独大,独柳为门,上有麻雀千百叽叽喳喳,下可躲风避雨遮荫纳凉。

服务社坐东朝西,商品琳琅满目,梁阿姨喜笑颜开,热情服务大家。

小西湖，我的家乡，我的成长 第 四 章

我家外面，杨柳依依，槐荫婆娑，芦苇沙沙，芳草萋萋；我家里面，临窗观亭，倚窗看湖，开窗望月，推窗听雨。看大庙静立，端坐中麓，上下通畅，几湖通达。

近看小西湖滴滴藏世界，

远望大黄河涓涓流古今。

小西湖我可爱的故乡，这里的山魂水魄养育、滋润着我。这里是我出生成长的地方，是我梦的开始，也是我心灵的故乡！

观西湖美景无限好，

赞总院大院我家乡！

所有的自然景观中我最喜欢湖，长大后我曾经去过江南烟雨中的太湖、西湖，湘楚丰饶的洞庭湖，高原明珠青海湖，新疆美丽的赛里木湖，神秘的喀纳斯湖。我承认每个湖都是那样美丽、丰饶、明净、神圣，可在我心中，最美丽、最可爱、最亲切的永远是我的故乡——兰州小西湖。

大约每星期六晚7点多，就有许多总院外面的小孩儿在医院门口想进来，等着里面的同学或熟人来领，就说是总院里人的亲戚或表姐、堂哥的，说是同学就不行，一次只能领一个。总院门房爷爷也知是小孩骗人，想蹭电影看。我有时也会领一个同学，说她是表姐或表妹，进总院里去看电影。那时候外面的人非常羡慕总院的小孩儿能经常看到最新的电影和文艺节目。那时，我们明显地感觉到生活在总院大院，特别有优越感，特别幸福，也特别骄傲，感到与大院外面的孩子和班上的地方上的同学有巨大差别和距离。

小西湖往事
——忆兰州军区总医院大院的快乐童年

春天柳枝发绿了，小西湖边的孩子们从树上揪下柳枝捋掉叶子，露出细细的软枝，用手来回揉搓着柳枝，使柳皮与柳芯脱离开来，然后剪成一小段一小段，把抽了柳芯的一小段柳皮放在嘴里，能吹出特别清脆悦耳的柳笛声，根据柳树皮长短能发出不同声响的乐声。这件事好像是我们服务社大院传出去的，后来别的院里的人也效仿。春天时，我们大院此起彼伏地飘飞着美妙的柳笛声，实际大家都叫它柳哨。很快，全院的小朋友不管会不会的都开始揪柳枝。我也学会做柳笛，是跟露西兄妹学会的，但我却总是吹不好，发出的声音也不好听，怪怪的。迪武哥哥能吹出曲调，好听。露西、孙蕾也能吹出比较好听的声响来，姚贤翠和乔林差点，我就更不行了。柳枝一发黄就不能做了，吹不响。记不清是哪一年，总院贴出通知，让家长教育孩子，不许在湖边揪柳树枝。

医院西边六号楼附近是总院的灯光球场。夏天的晚上，那里经常会有热火朝天的篮球赛。那附近还有洗衣房和一个厕所。夏天的时候，周末就在灯光球场放露天电影。各家小孩早早去占座位，在地上放一个小板凳或者一块砖头，用粉笔在小板凳和砖头周围画一个圈儿表示这是自己占的地方。经常小孩也会因为你占了我的地方或者我占了你的地方发生争执。有时总院外面的人也不知道怎么就混进来了，也在医院里面看电影，我们就在那儿猜测说，该不是他们是从黄河那边游过来，溜进医院来蹭节目和电影看的吧。

总院的灯光球场和礼堂的电影及演出是我记忆里最美好的事情。服务社大院相比花墙大院里的人们，生活水平相对差些。冬天来了，总院里面的锅炉房每天早晨四五点钟就会倒炉渣,服务社大院、高台子大院许多家的小孩们特别懂事,经常帮爸爸妈妈干活,迪武、孙蕾、露西、姚贤翠及其他家的孩子,早上4点多就拿着盆子、篮子、袋子、小铁耙子,结伴去锅炉房等着倒炉渣的叔叔出来(花墙里的孩子是否有去的我就不知道了,高台子有些小孩去过)。露西约我,我家就我一个孩子,负担不重。由于我家长期吃灶,所以家里也不需要那么多煤,捡煤渣还要起那么早,我就不去,我家也只有周末才做饭。每天我还在梦周公呢,露西他们都已满载而归了。有一年露西的哥哥迪武好像转到兰州上学,他们家捡的煤核多得一冬天都烧不完,不用再花钱买煤取暖做饭了。我真佩服露西,比我小,还那么能干,记得那时她也就八九岁。

20世纪五六十年代总院住院部大门(照片提供者:唐明)

小西湖往事
——忆兰州军区总医院大院的快乐童年

放寒假了，有一天我的好奇心起来了，我就让露西凌晨叫我，我随他们去锅炉房帮她家捡煤核。那天凌晨天还很黑，4点左右，睡得正香的我，被一阵急促的敲窗声惊醒。露西在我家窗外面急切地喊着："小林，快起来，要不来不及了。"我一个鲤鱼打挺从床上蹦下来，急忙穿戴好，冲出家门。冬夜，寒风凛冽，冻得要死。一出院子，露西和迪武就像出膛的子弹向医院里飞奔，榜样的力量引领着我也飞奔到了锅炉房，那场面真是惊心动魄呀！锅炉房的门一开，满脸灰尘的叔叔推着满满一大架子车冒着白气的煤渣出来了，孩子们跟着叔叔一路小跑到了煤渣堆旁，那里有一盏昏暗的灯，叔叔一边把煤渣倒在地上一边大喊："闪开，闪开！"之后大家就手忙脚乱地去抢煤渣，只见露西与迪武手脚并用把煤渣往自己这边刨。高台子上的一个男孩想与露西分些，露西就大字形状趴在那片煤渣上大声叫，这堆是我的！凡是拢在自己身子底下的煤渣就归自己，这是一条不成文的规矩。那个男孩只好走开，手脚慢的人就弄不到煤，有几个小孩没有弄到煤渣，只好把别人捡过的再翻一遍，捡更小的煤核，这就需要更多的时间。露西和迪武弄的煤渣总是比别人多，孙蕾也是。每天大约有三车煤渣，露西和迪武抢好煤渣归到一起后，就一小块一小块摊平，细心地用小铁耙子，扒出大块的，用戴着无指手套的手指飞快地装到袋子里。我跑去想帮露西，手一碰煤渣好热呀，忙把手缩回来，看大家都那么奋不顾身地在热气腾腾的煤渣堆上不怕热地捡，我也就不管不顾了。露西递给我小耙子，她自己用手在煤渣里灵巧地捡，她戴着一双无指手套，我这才看一下，发现好多人都戴的是无指手套，可能是家长给织的或缝的吧。有的孩子连手套都不戴，我戴着棉筒子（一种自己家做的、能把双手从两头揣进去的冬天用来保暖护手的物件）。我把手取出来，学着别人的样子把煤渣摊开就捡，过一会儿露西看看我捡的煤，说："笨死了，你捡的大多都是没有用的，不是煤核。"我真的很笨，我就是分不清。露西说："你一边去吧，别在这儿捣乱。"我不好意思地傻傻地站在一边儿，看那些小小的身体在雾气腾腾的热气里热火朝天地忙碌着，我觉得我真笨、真没用，迪武给我做个鬼脸，孙蕾在一旁用手指羞我，说我是娇气包。我不高兴了，一甩手生气自个儿回家了。天还很黑，快到高台子时看见大庙，这时我才想起害怕，想退回去也害怕，于是就硬着头皮开始跑，心都快要从嗓子眼儿里跳出来了，后面好像有个人跟着我，又想起露西讲过的鬼故事，我汗毛竖起低着头不敢四顾，拼命地跑回家，一头钻在被里睡回笼觉。

清晨父母啥时候走了我都不知道，我正在做美梦，就听见露西对着我的耳朵大声唱，音调就是每天早上起床号的旋律：大天白亮，死猪起床，我来看猪，猪在床上！露西扰了我的清梦，我一屁股坐起来，她哈哈大笑，说你看你的脸真是小花猫了，脸也不洗就睡，猪猪猪。我一照镜子，我俩都笑起来，被头被我的脸弄得黑黑的（我妈回来发现好一顿骂）。我就去洗脸，一看闹钟怎么都快11点了。从此我再没有去看他们捡煤核。（想想现在的孩子，八九岁能干什么？）

寒冬，纷纷扬扬的大雪，把小西湖装扮得银装素裹，冰清玉洁，漫天飞舞的鹅毛大雪，像蝴蝶一样轻柔美丽。雪花像一个个白色小精灵一样，无声轻盈地落在地上。我看到一个个美丽的晶莹剔透的小花

小西湖往事
——忆兰州军区总医院大院的快乐童年

落在我的手上，每个雪花都是那么可爱，一瞬间就化为一点小水渍。

雪后清晨，有时能看到小动物如狐狸、黄鼠狼等在雪地上留下的清晰的脚印，有一次有些大的脚印，大人说是狼的脚印。这时许多人都在自己家门口堆起了雪人（我记得过去年年都会下雪，雪还下得很大，不像现在不太下雪了，气候有所改变），尹伯伯给我们堆起了一个特大的雪人。我们用两个黑煤球做眼睛，一个红萝卜插到脸中间做鼻子。尹伯伯用胡萝卜给我削了一个月牙形的大嘴插在鼻子下面，露西又把一个破草帽放在雪人头上，我把一把大扫把塞在雪人手里，啊，好可爱的大雪人呀！院里人的眼球都被吸引过来了，孙蕾姐弟三人堆的雪人比我们小多了！我们欢呼雀跃，活蹦乱跳，兴奋异常，接着我们开始把雪捏成紧紧的一团一团打雪仗啦！不管男孩儿女孩儿手舞足蹈齐上阵，你来我往，大家身上头上都是雪粉，雪打在身上和脸上都不疼。小朋友们一个个头上冒着热气，像刚蒸出来的热包子，兴奋的脸庞冻得红红的像一个个红苹果，奔跑跳跃，打来打去，不亦乐乎！小孩子们疯起来像一群脱了缰的野马（想想我们那时多么接地气，真是幸福极了）！

清平乐·雪

玉尘清扬，纷纷碎银洒。

金城西湖雪已霁，琼瑶地现兽爪。

银装素裹一地，粉妆玉砌一人。

雪粉雪球乱飞，脱缰野马一群。

小西湖，我的家乡，我的成长 第四章

露西家有 5 个孩子。露西哥哥迪武是老二，1965 年那年好像转到兰州上学了。每到周末的时候他就会扒火车去城关营，再倒火车到河口，那儿有个五〇四厂。那个厂里可以用苞谷面换钢丝面，那时小西湖这边还没有钢丝面换的，迪武每星期去一次换一次。服务社大院里的邻居们有时候也托他帮着换一点儿，他只比我大一岁，好有力气呀！每次背着一个大袋子，换回来的钢丝面小朋友们都拿着当零食吃，我家从来不换，但我不缺吃，想吃就问露西要。那时我好羡慕露西，兄妹两个小小年纪，都那么能干，什么都会干。

我看尹伯伯把钢丝面放在水里泡着，然后就拿出来放在蒸笼上蒸，这时候我和露西就在那里剥蒜捣蒜，只见尹伯伯用一点儿油炝一点辣椒面，那个香呀，空气中弥漫着辣椒的香味儿，我就不停地用鼻子吸。再拌点酱油和醋，还没做好时，香味就馋得我们喉咙里都要伸出手来了，现在想起都会咽口水，香得不得了。我经常也会蹭一小碗钢丝面吃。

春天来了，各种野菜从地里冒出来了，苦苦菜、马齿苋、蒲公英、灰条子等，尹伯伯总会变着花样做出美味来。

我爸爸在农村当医生，农民朋友经常会送一些刚采摘的鲜果——杏子呀、桃呀、苹果等。每次我都会拿给露西和她一起品尝，有什么新鲜的蔬菜也会送给她家一起分享。

我记得露西家有个邻居，好像名叫李浪浪。李阿姨喜安静，我们常在她家门口玩闹，她就会出来批评我们，我们就换个地方玩，一边玩一边嘴里故意念叨："浪，浪，浪打浪，浪里个浪里个浪里个浪……"有时就会被李阿姨听到，她就会很生气，想想那时我们也太淘气了，

小西湖往事
——忆兰州军区总医院大院的快乐童年

太不懂事啦!

孙蕾与露西做邻居后,小孩间三天两头有小矛盾,每家扫院子的地,好的时候不分你我,不好的时候扫地要画道线。有时还把垃圾扫到那边去,那边再扫过来,她再扫过来,你再扫过去,三天两头两家为这种鸡毛蒜皮的事搞摩擦……

我家那时周末常吃肉,我爸认识肉联厂的好几个朋友,有时候他们会给我爸爸送熟的一些碎肉,猪的心肝肺大肠什么的。露西鼻子尖,我们还没开吃,她就循着味儿屁颠屁颠跑来吃一些,我们两家不分彼此。可能每个小孩都觉得别人家的饭比自家饭好吃。

每年清明节前,学校的老师就组织我们自己做小白花、小黄花。

清明那天,我和同学们穿着白衬衣、蓝裤子,戴着红领巾,背着小书包,包里是水瓶和吃食,胸前别着小白花,手里拿着小白花和小黄花,排着整齐的队伍,打着队旗,在老师的带领下,高唱着《我们是共产主义接班人》等革命歌曲,意气风发,跟着老师怀着崇敬的心情向华林山上进发!

一出学校,沿途都是各个学校组织的中小学生的队伍,打着旗,敲着鼓,排着队,高唱着革命歌曲,去华林坪瞻仰敬爱的革命烈士,这些学生们是又兴奋又激动。上山的路上,各个学校的学生居多,路上的人流像一条蜿蜒的白色的长蛇,歌声飘荡在华林山的上空,此起彼伏,华林山成了一个歌的山峰。

到了华林山上,在老师的带领下,我们在庄严肃穆的烈士纪念碑前郑重宣誓,并给新入队的同学庄严神圣地系红领巾。我记得我在给一个小同学系红领巾时,想着电影里为革命、为我们牺牲的解放军烈士叔叔们,眼泪都要快掉下来了。

我记得总院那时候有一位革命烈士,名字我忘了。在纪念碑宣誓完毕自由活动时,我和总院的几个小朋友争先恐后地跑到那个叔叔的陵墓前,恭敬地献上自己的第一朵小白花,然后再去瞻仰其他的烈士墓,认真地记录烈士的事迹,之后就三个一群五个一伙的,坐在台阶上一边缅怀先烈,一边互换品尝享受着带来的食品……

我从小就喜欢美丽的景物和人物,那时总院里有许多漂亮阿姨,露西的妈妈谭灿阿姨就很漂亮,眼睛水灵灵的、大大的。我经常会说,露西你的眼睛没有你妈妈大,谁长得漂亮谁不漂亮,我都能看出来。不过有时也挺傻的,我看到我们班上有同学戴上了眼镜,羡慕至极,因为那眼镜亮亮的。我觉得很独特,经常会想着自己要是戴上副眼镜该有多好看。有次六一儿童节,爸爸问我想要什么,我就说我想要一副近视眼镜……

母亲和她的护校同学们(左一为我母亲,左二为杜桂珠阿姨)

小西湖往事
——忆兰州军区总医院大院的快乐童年

从什么时候起,好像是我记事时(4岁多),我就听尹伯伯讲革命故事,耳朵都起茧了。每当我一进院子,看见尹伯伯的花架跟前有一排小凳子,我就知道尹伯伯今天又要讲革命故事了。我已经听了无数遍了,许多战役我都记得滚瓜烂熟,因为听得太多了,有时候就不想听了。每当这时露西跑得比兔子还快,一溜烟就不见了,于是我也转身撒腿就跑,但我经常是慢半拍,有时候就被尹伯伯看见了。他就喊:"小林,过来听讲战斗故事!"无奈我只好乖乖坐在那里抓耳挠腮地等着听他讲故事,这时候其他小朋友大多是男孩子,也被尹伯伯叫过来,他就开始讲……

尹金林伯伯,总院的发小们也许知道他,也许不知道他,但总院我们的前辈们都会认识他,知道他的一些事迹和事情。我是从小听着他讲的故事长大的孩子。他对我的讲述,影响了我的一生。虽然我家人是国民党的后代,但是就是因为有了这样的邻居,三天两头耳提面命地教育我,又有总院这样的大环境熏陶,所以党的教育深入我的血液、骨髓和灵魂里。我从小就非常热爱我们的党,我们的军队,我们的国家,我从小就崇拜英雄,从小到大唯一的遗憾就是没能参军当兵。

2015年春节过后,我去湖南看望46年未见的尹伯伯和谭灿阿姨,尹伯伯在住院,在病床上他又向我讲述了过去的故事。

小西湖，我的家乡，我的成长 第 四 章

92 岁的尹金林伯伯和 83 岁的谭灿阿姨于 2015 年的合影

尹露西全家（左蹲谭灿阿姨，右蹲尹金林伯伯，右二露西）

第五章

再会，为了更好的重逢

我快六年级的时候，发现母亲那时候没了笑容。我常见她和爸爸背着我说什么事，那阵下班儿回来她的眼睛经常是刚刚哭过的样子。那年母亲已经怀孕啦，爸爸经常对我说你妈妈要给你生小弟弟了，我可不想有个小弟弟，但是我非常想要有个小妹妹。

有一天，爸爸突然对我说，我们要离开总院了，妈妈要转业了，我要转学了，我听后很吃惊，很难受，很担心。

渐渐地，我母亲哭时和父亲商量事已经不背着我了，一次她在家中号啕大哭说不愿意离开部队，当兵17年，舍不得离开部队，还有好多战友、同学、朋友、老师在这里，已经习惯了，而且自己热爱党、热爱军队、热爱国家，以前自己年轻不懂事有错，但是多年来，兢兢业业，弥补过错。1966年6月，母亲转业到兰州偏远郊区西固一个工业城镇的兰化医院。

事情来得很紧急，我要转学了，露西和我抱在一起哭成泪人。我慌慌张张地跑到学校去向同学们告别，女同学们都哭了。上课铃响了，大家进教室去了，我茫然地向校外走去。校门口闪出余水珍，她拦住我伸出手，手心上有一块糖，她第一次主动对我说话："这是五一劳动节发给我的两块,这块没舍得吃。"她的眼角滚下一滴很大的眼泪,我拿过糖哭着跑了。

我母亲和总院的同学们(右下穿白大褂者是我母亲)

兰化医院那边儿可没有房子,好在父亲长期在农村工作,认得许多农民朋友,没办法只好先住在崔家崖口(现在的七局职工医院对面站山口)一个农民朋友家里暂时过渡。

那年母亲33岁,正怀着我弟弟。

父亲的农民朋友家,应该叫作二合院吧,是个很大的院子,有好多房子。那家人虽然住在崔家崖大队,但是却姓王,王伯伯给我家腾出了两间房子,比总院的房子要宽敞。母亲因此来回跑车很辛苦。我因住处不固定,就暂时先不上学,"文革"刚开始不久,也没有地方

小西湖往事
——忆兰州军区总医院大院的快乐童年

上学。那个地方我们住了3个多月。

突然离开小西湖，我极不习惯。总院就像个天然的大公园，到处是花、草、树、水、蝴蝶、蜻蜓，听号起床、吃饭、睡觉，其余的时间除了上学就是疯玩儿，离开了、失去了更觉得小西湖的可爱美丽和珍贵。

在农村，每家都是独立院子，王伯伯的儿子在地里干活，女儿走路去西站上初中，大女儿出嫁，没有同龄的孩子和我玩，我也一直不爱听兰州话，从小到大一直在抵制兰州话（直到几年前来北京后，我却经常回忆兰州话该怎么说，以前没说过啊，现在就感到兰州话亲切）。那时候也没学可上，于是我就每天出去玩，这边除了田野就是民房，头几天还新鲜，之后很快便觉得没有逛头也没有意思，不像我们总院大院，常逛常新，百逛不厌。来这儿第三天正当我倍感无聊的时候，发现了王伯伯家屋顶上有一只花猫，我欣喜万分。这只花猫长得有点儿像花花，但花花是黑白猫，这猫是三色猫，黄、黑、白，也很漂亮，我向它招手，"花花，花花"地叫它。王伯伯说不是他家的，但在他家附近快一年了，赶也不走，想起来了，就会给它一点吃的，有时就忘了。

我叫那猫，它犹豫着不下来，王伯伯看我喜欢就拿一个馍过来，再叫那猫，它就飞快地下来了，身手敏捷，我就嚼着给它吃，很快我俩就成了好朋友。

搬到崔家崖我就开始干活了，每天要去买菜，市场很远，而且没有什么菜，好像只有白菜，一点绿叶菜，而且每次要等很久，排很长的队，之后洗菜做饭就是我的事儿，每次拿菜回来花花就在屋顶看到我了，它从房顶飞身下来，跳到门口迎接我，蹦呀跳呀的，跟着我回去做饭。以前在总院那种悠哉悠哉、游手好闲、快快乐乐、无忧无虑的桃花源似的生活一去不复返了。

我才12岁，洗菜、切菜、和面是我的事（那时没有米吃），其余的等爸妈回来再做。在总院我基本上没有干过活，服务社大院的小朋友里，我是最闲的一个，我不习惯干活，因此心里很郁闷。经常王伯伯家做了饭让我们一起吃，我们家经常会给他们一些粮票，兰州农村人的饭，做得又简单又好吃。

新家附近有肉联厂，我父亲有朋友在那里工作。他们来看我爸爸妈妈时，就会给我们带些猪下水，猪下水煮好，做成的红烧肉好香呀！每次肉还没熟的时候，花花就蹿上跳下地大声叫，这时爸爸就拿脚踢它，我抱着它悄悄告诉它，要乖一些，要懂事。有几天我们天天都吃肉，花花也是一样。我在家门口给它做了个小窝，可是它每天都悄悄地钻进我被子。天渐渐地热了，它还是要在被子里待着睡觉，很傻、很乖、很执着，它能看出母亲不喜欢它，所以晚上从来都不叫。

花花的眼睛是黄绿色的，很美丽。我经常趁我母亲不在的时候偷偷地把母亲吃的炼乳挖一些给花花吃。每次吃炼乳，花花的声音都怪怪的，有点像小狗叫了，吃完了又抓耳挠腮的，用小脑袋顶我表示还想吃，咋看咋可爱！它用小脑袋顶我，它不像以前的花花那样爱舔我的脸还有嘴，哪儿都舔，它只舔我手、胳膊，每个猫都有自己的习惯和亲昵的方式。

小西湖往事
——忆兰州军区总医院大院的快乐童年

我们在崔家崖住了近两个月了。一天,母亲回来说,兰化医院借了个房子给她。父母又收拾东西,准备搬家。我小心翼翼地问母亲,能不能把花花也带到西固去,回答那是绝对不行!我又去黏爸爸,爸爸说你妈要生弟弟了,不能养,再说西固是楼房,不方便!我就坐在那里抱着花花哭。

第二天,母亲晚上回来说,那个房子还得一个月才能住呢,暂时不走,我又高兴了。

一天,我买菜回来之后,发现花花不在了,问谁谁也不知道。爸爸还在上班,好不容易等到爸爸回来,问爸爸,爸爸的眼睛躲闪着我说不知道。我知道是我母亲的主意,我就和她闹,母亲被我闹得烦透了就说你爸扔了!我立刻抓住爸爸不依不饶地问:"你扔哪儿了?你扔哪儿啦?"爸爸说他让一个司机带到甘南去啦!甘南在哪里?我想起来了,我小时候我爸就在那个地方,非常寒冷的一个地方。我大哭,爸爸就跑出去躲开我,我哭得昏天黑地的,不做饭也不吃饭,哭了一晚上。我哭我离开小西湖,离开露西、乔林她们,我想起了沈阿姨、小李阿姨,好多喜欢我、对我好的人,我走时李阿姨拉着我的手哭得好伤心呀!我哭我可怜的小伙伴花花……

过了两天露西跑过来看我,那么老远看我,我好高兴啊!露西跟我说了总院的许多变化。她参加了一个宣传队,每天练节目到处演出,非常忙。露西在我家那个农村的小院子,教我跳舞。我跟她学了《红军不怕远征难》和《蝶恋花》两支舞蹈,都是根据毛主席诗词编排的。

露西走了,我心里很惆怅。我真羡慕她能在小西湖那个环境里,见识这么多的事,参加这么多的活动。但我知道我跟她不一样了,我心里是有一些事,但是没有告诉露西,我爸爸最近可能在单位上不太好过,他不对我说,但是我心里清楚。我从来不过问大人的事,因为我知道我问他们也不会说的。

这几天,爸爸妈妈在一起就叽叽咕咕地说一些事,背着我,好像是说什么单位去天水老家去调查,等等。反正知道没有好事,我也不想问。

小时不爱哭,离开小西湖后,我变得爱哭了,稍有不顺心,我就哭天抹泪委屈的不行,我妈说这孩子越大越不省心了。

就在我们要移居西固的前几天夜里,正要睡觉,突然被一阵急促的挠门声惊醒,打开门一看,一只猫跳了进来就朝我身上扑,是花花!毛耷着很长,又瘦又脏,腿上还有伤,我顾不上它脏,把它紧紧地抱在怀里高兴得哭了。花花"喵喵"地叫着,好像诉说着自己的委屈。母亲不高兴了,她第二天还要挺着大肚子赶早挤车上班儿呢。爸爸叹了口气对我说,去给它弄点吃的吧,就去睡啦。

花花应该就是这个样子

我抱着花花到厨房仔细看它,花花腿上的毛掉了一大片,两处有伤,不能洗,我只能用湿毛巾给它一点一点擦干净。我给它弄了点儿吃的,它狼吞虎咽好像饿疯了,身上瘦得皮包骨。我又把它轻轻地抱

小西湖往事
——忆兰州军区总医院大院的快乐童年

着坐在院子里,月光如水。我跟花花说话,我不知道它受了多少艰难险阻才回到这里,也不知道它以后的命运如何。花花目不转睛地看着我的眼睛,小声喵喵地叫。我用嘴轻轻地亲亲花花的脑门儿,它就用它的脑袋使劲顶我,然后它又开始舔我的手,后来它第一次舔了我的脸。这两天就要搬家了,我不知道该怎么办才好,我非常怕失去花花。

第二天,花花看着那些收拾好的东西,显然很不安,第三天,也就是搬家前一天,我没留神忽然感觉花花不见了,到处找都没有!问爸爸他不吭声我又哭又闹,爸爸大吼一声:"现在人都活不下去了,管什么猫呢!这回我让人把它扔到四川去了!"我的哭声戛然而止,那一刻我特恨我爸!这事我记得太清楚了,50年了到现在我也不能原谅他!我不明白的是爸爸可以把它留在原地,让它自生自灭,为什么要把它带到那么远的地方,让它千难万险地死在路上!花花是一个小动物,但是它也是一条鲜活的生命,它也有思想、有感情的,知好歹、懂报恩,当它历经艰险地回到主人身边,那一刻,你一点儿都没有感动吗?花花一个月后能从甘南跑回来,是因为它心中有目标,我认为这就像人凭着坚定的信念和信仰才能坚持下来,是个人都会感动!当再次被扔掉,它和人一样,死的心都有了!要是我,我不会再回来。那几天有一次洗碗,我故意使劲儿打碎了一摞子碗。

那一阵子我不再和父母说话,我不知道四川在哪儿,有多远。搬家离开崔家崖的时候,我对王伯伯说:"如果花花回来,你留着它,帮我喂它,以后我来接它。"王伯伯让我放心,之后我们就搬走了。过了几个月,我去总院时路过王伯伯处去他家,王伯伯向毛主席保证,

再会，为了更好的重逢 第 五 章

花花没有回来！

人们经常会说什么狗是忠臣，猫是奸臣，喜新厌旧等等，我不这么认为，猫不像狗那样，整天缠着人，猫是很有个性的小动物，猫不像狗那样爱表现，猫相对高冷孤傲、独立性强，对主人没有狗那么热情，每只猫对主人的态度都略有不同。回想小时在幼儿园，第一个花花刚到幼儿园时，不知从哪里叼来一个小布娃娃，脏得看不出什么花色，我趁它不注意就扔掉了，过了几天，那个脏娃娃又出现在它的窝里。花花太懂事了，知道我不喜欢那个脏娃娃，从来不把那个脏娃娃放在我床上。花花独自在纸盒里睡觉时就搂着那个脏娃娃。记得一天，沈阿姨带我去逛街，在百货商店问我想要啥花头绳，我支吾了半天，让阿姨给我买了最小的那个小熊娃娃。那个小熊娃娃和大人喝水的杯子一样大。我知道那个小熊娃娃要比花头绳和卡子贵多了，但是我还是向阿姨要了，阿姨爽快地给我买了。晚上我把小熊放在花花窝里，它高兴得不得了，晚上没有跑到我被窝里，搂着那只小熊在自个儿窝睡了，脏娃娃在一边待着。我悄悄地把那只脏娃娃远远地扔了，第二天被我扔掉的小脏娃娃不知咋又回到了花花的窝里，和小熊待在一起，晚上它们三个睡在一起，花花在中间。半夜我起夜，月光透过窗照在屋里，我看到猫窝里花花搂着那个小脏娃娃在睡觉，那只小熊孤零零地在它们的脚底下待着。后来，小熊就进了我的被窝。

这次搬家之前，在王伯伯家院里我们烧了很多书，我不让烧，但是爸妈不听我的。以前在小西湖上学时，我们好像就没有怎么学习，也不看书，没时间看，整天就是玩儿。放假后最后一天大家都不玩了，

小西湖往事
——忆兰州军区总医院大院的快乐童年

都在家里突击写假期作业，作业也很简单的，语文就是一本课外书读后感，于是我们就找来谁的一本书，把后面的内容提要一抄或内容简介一抄就算是读后感作文上交，我认识的同学大都是这样干的。离开小西湖没事干，发现家里有书看了，一本《苦菜花》还没看完，这时觉得书真好看！离开总院时带了许多书，我听着父亲对母亲说不能让小林看书，女孩子喜欢幻想，现在这种情况不看书，对她只有好处没有坏处。我偷偷藏了几本书，《静静地顿河》《青年近卫军》《红岩》等，我夜里在被窝里打着手电看书，许多书都是用这种方式看完的。

我家里还有一个大皮箱，里面全是母亲的花花绿绿的衣服，有好多件是还没有穿过的新衣服，手工绣花的，还有父亲的好衣服，尖头皮鞋、高跟鞋等父母说都是封资修的东西，准备烧掉。我看见那些漂亮衣服说啥不让烧，正和母亲争执时，旁边的王伯伯说话了："这衣服这么好的料子，烧了实在是太可惜了，这要花很多钱呢，给我两件。剩下的给小林留着吧，她长大了还可穿那衣服，说不定以后还能派上用场呢，都不用做嫁妆了！"王大妈在一旁使劲儿地点头，父亲就给了王伯伯他们四件皮棉毛衣之类比较实用的，并再三说不能穿在外面呀，王伯伯他们高兴地说："知道，知道！"因此，这箱衣服大多得以保存下来，还剩下许多件女士的衣服，锁在皮箱子里，其余的鞋和书都烧了。

我们的家搬到西固的一个六楼上，就一间房子，搬家时我们从总院带来的家具，是一张大床、一张小床、一张桌子、几个箱子和爸妈结婚时从旧货市场淘来的一对旧沙发和锅盆碗灶等，除了这些好像也没什么东西。但是院子里的人们都在说，搬来了一家可有钱的人了，他们家还有大沙发呢。消息传得很快，人们都跑来看沙发是啥样子，议论说只在电影上见过沙发。我想真是少见多怪，总院里家家都有沙发，而且花墙里面的（还有专家楼里）院子里，那里住的人要比我们外围住的工资高多了，有些人家里还是西式家具，非常漂亮。

爸爸吓得赶紧让人把家具往楼上搬，生怕被别人说三道四。

大人有大人的烦恼，这半年我几乎没见过父母笑过，他们经常背着我说啥，两个人经常不由自主地唉声叹气。

搬家第三天，我母亲就生了小弟弟。弟弟是早产儿，母亲怀他7个月差一个星期他就提前出世了。弟弟刚出生没有心跳，以为他不行了，助产士就把他扔了，等母亲清醒过来，知道了又去垃圾箱把他捡了回来，洗干净放在保温箱里，好在母亲本身就在妇科工作，妇科里有保温箱，如果不在此工作有此便利条件，弟弟绝对是养不活的。

弟弟整整在保温箱里放了3个月。大家都说弟弟能活下来，是一个奇迹。

我去兰化一小报到，已经是1966年的11月，六年级。学校乱糟糟的，也没人上课。到学校报到之后老师发给我一个表，让我填表。表格上面有家庭成分一栏，记得那个老师叫张家俊，父亲让我家庭成分一栏填职员。我填好了，交给张老师。那天班上基本人来齐了，张老师就我的名字骆苑的"苑"字，洋洋洒洒地说了半节课。我不知道，我怎么刚来他就对我们家的事情比较了解。张老师说："苑者，皇家御花园也。"又说我不老实，填的是职员，老师质问我："你家是什么

小西湖往事
——忆兰州军区总医院大院的快乐童年

你不知道呀？"我天生敏感，自尊心又极强，我站起来就跑回家了。说什么也不去学校了。好在那时候大家都不上课，也没人管。

我到了西固，怎么都适应不了这里的环境，怎么都不能融入这里的人的生活，这里孩子也踢毽子，也跳房子，但是她们和我们总院的孩子还是不太一样，有点像我们班上的回民了。这里的人过去看电影很少，娱乐也很少，知道的事情也和我们不太一样，让我有点鹤立鸡群的感觉。我只和一个叫作陈建平的同学来往，我们实际同级不同班，是住在同一个楼。

这时候，我又负责家里买菜的事情。那菜铺很小，但是每天人很多，也没有多少菜，要等很长时间，有白菜、萝卜、洋芋，永远都是这几样菜，但是人多我就不敢往前挤，那架势很吓人的。我经常在菜铺边站大半天也买不到菜，我觉得我真没用，要是露西在这儿我就不会这么为难，束手无策了。

这天，我正发愁地在菜铺旁边那儿傻看，有人推我，我一看好像是我们楼的一个小姑娘，她说："我看你这几天怎么也不往里面挤着买菜呀？你天天都在这儿买不上菜，回家你妈不骂你？"我低着头说："我从小就没买过菜，我吃饭时都在灶上吃，这么多人我也不敢往里挤。"她让我把篮子和钱给她。她说："我在前面，你推我就行了。"推？好办，我就和她合作使出最大的劲终于把她推进人堆里了。

买菜时还要说毛主席语录，售货员说："不要吃老本。"你得马上回答："要立新功。"她才卖一样菜给你，售票员再说："下定决心，不怕牺牲。"你就得马上说:"排除万难,去争取胜利!"稍有停顿,售货员就说下一个,你就白挤了。背语录是我的强项,许多语录没有背,我就会,老三篇我也会背。我就在那女孩附近盯着她,她一犹豫,我马上大声回答,然后说她是我姐。买上菜,我们互相梳理好被挤得乱七八糟的头发,然后一起回家。路上我俩互告姓名。她叫陈建平,上海人,我们就成了朋友。于是隔一天,我俩就约着去买一次菜。那以后就天天在一起,每次都是到她家。她家两间房子大了一些,她有一个哥哥,两个弟弟。

我们家附近有一个化工学校,有高音喇叭日夜 24 小时不停地播放毛主席语录,高唱革命歌曲,还有两派辩论,环境嘈杂得不得了。因为农村缺医少药缺大夫不能没有父亲,农民们对他还是很尊敬的。眼见着父亲老了,有了白头发,但他才 34 岁。弟弟还在保温箱里,母亲已经出院在家休息,每天去医院看弟弟。

我天天想总院的小朋友们,天天想小西湖,不知露西、乔林、孙蕾、春梅、冬桔她们每天在干啥?我每天在家好好表现,把房子收拾得干干净净,帮着洗衣服,然后问我爸要了点儿钱,坐上了东去的汽车。那时只有一趟车,进城真远呀,那时车况不好,路况也不好,反正就觉得特别的远,走了很长的时间,终于到总院了。

我从后门跑进总院,路过马圈和木工房,来到西湖边,第一个遇到的是孙蕾,她高兴地搂着我,许久不见了,我俩站在那热烈地聊了一会儿,她要去学校参加活动,便告别了我。

小西湖往事
——忆兰州军区总医院大院的快乐童年

我母亲曾经工作的二楼妇产科（照片提供者：潘力）

以前在总院天天从写着这段毛主席语录的牌下走过
（照片提供者：刘叶玲）

我正要拔腿往大院里跑，看到小西湖上很多鸭子，芦苇乱七八糟，有一些人在捞鱼，湖水好像没有过去清澈了，没人管理了。大庙好像有点儿东倒西歪的样子，远处的小亭子也不在了，湖边不再安静了，人们来来往往的，乱糟糟的。我看见了露西，我大声喊着，露西看见我，飞快地跑过来扑在我身上。我俩蹦跳着，但是她拉着我到人少处，突然告诉了我一个不幸的消息，妇科主任李馥孝自杀了！我想起我五六年前在李妈妈家吃饭的情景。说到李馥孝，我俩都很伤感，我俩的母亲都在妇科，露西妈妈谭阿姨就是在李主任的亲自培养和手把手的教授下，成为妇科护士长的。前几年妇科没有合适的护士长人选，谭阿姨虽然学历不高，但勤奋聪明，不怕累能吃苦，在李主任的精心教育下茁壮成长起来。

我俩坐在湖边，我怎么觉得小西湖已经变样了，一切都不对了。

总院好像没有门卫了，侯爷不在了，到医院里面露西说梨园也不行了，梨还没长好就都被偷光了，菜园子里也没有什么菜了，反正现在到处都乱糟糟的。我和露西去找春梅，又去找冬桔，她俩都不知道跑到哪里去了。

回到院子的服务社里，梁阿姨还在坚守岗位，乔林、姚贤翠也不知道上哪儿去了。露西和我用我的钱买了点糖分着吃。我们在露西家随便吃了点东西，她爸爸妈妈都不在。我对露西讲了我在西固的不适应及爸爸把花花扔掉的故事，说着说着，我俩都哭了。

这次没见到乔林她们，我心里有些难过，我问露西说，你会忘了我吗？她说不会，永远不会！

小西湖往事
——忆兰州军区总医院大院的快乐童年

过了大约 10 天我又想去总院了，这次我没敢跟家里要钱，我上次去总院，露西给了我五毛钱，她说你要来看我呀，没钱回去的路费我给你。

这一天我早早起来把家里的所有家务打理好，就又奔着总院去了，我一共有八毛钱，其中有五毛钱是露西给我的，坐车完全够了，但我要省着花，以后日子还长着呢！

我拿了一本毛主席语录，穿上由母亲军装改成的黄军装，带上露西给我的某战斗队红小兵袖章，上了去市里的公交车。一上车我就按露西教给我的办法，没有坐座位，我靠着车门拿出毛主席语录，大声说："阿姨、叔叔们我现在给你们朗诵毛主席语录：'世界是你们的，当然，我们还在，也是我们的，但是归根结底是你们的。你们青年人朝气蓬勃，好像早上八九点钟的太阳！''凡是敌人反对的，我们就要拥护；凡是敌人拥护的，我们就要反对！'"我从小就喜欢唱歌跳舞，也喜欢朗诵，虽然没有露西能说，但是我朗诵起来要比一般人朗诵得好，我又开始唱《北京的金山上》《毛主席的光辉》《远飞的大雁》。一路上还不忘报车站名，大家都热烈鼓掌叫好！我受到了鼓励，一段接一段地朗诵毛主席语录，还给大家唱歌，大家群情激昂，和我一起唱，售票员一会儿把她的水让我喝，一会儿又让我坐下，我说我不坐，站着发挥得好一些。我这还没有尽兴呢，很快就到了总院。我掏钱给售票员阿姨，阿姨说哪能要你的钱呢，这么好的孩子辛苦了半天……

到了露西家门口，我大声地喊："露西，露西！"尹伯伯出来了说：

再会，为了更好的重逢 第五章

"小林你来了，前一星期露西和她哥哥他们一帮孩子已经上北京，去见毛主席去了！""他们怎么去的呀？""扒上火车就走了！"尹伯伯给我一个条子，上面是露西的歪歪扭扭的字体，写着："爸爸妈妈，我和哥哥去北京见毛主席去了，不要找我们。过几天我们就回来了。"我说："露西才10岁呀，她怎么就这么胆大呢？丢了怎么办？"尹伯伯说："我去车站找了，人山人海根本找不着，只是碰到总院另一帮没上去车的人说，看到露西他们那帮开始也上不去火车，最后砸了车窗从厕所翻进里面了……"我又去找孙蕾，她们也结伴去北京了，去找春梅，她家没人于是我就去高台子找冬桔。冬桔姥姥说，总院的孩子们这几天都走光了，都去北京了。姥姥说着就哭了，她担心冬桔呀！我去找班长赵省珠，她也不在家。她的邻居说，总院大点的孩子倾巢出动了，去北京了。

我茫然地走着，肩上被谁拍了一下，回头一看是郝玲的妈妈、我的邻居阿姨，手里拿着饭盒从大食堂出来，她热情地拉我要去食堂吃饭，我说啥都不去，我心里乱得很。郝玲的妈妈知道我妈妈生小弟弟了，很高兴，嘱咐我常来玩，还要给我坐车钱，我说什么也不要，很快就跑掉了。

我坐在车上回家，心里有种被抛弃的感觉。我知道，我已经不属于总院和小西湖了！

小弟弟还在医院，我缠着我爸妈非要去看，一天晚上他们把我领去医院。弟弟还在保温箱，怎么像一只小猫一样大，一个多月了才有花花大，不能进到产科婴儿室里面，只能隔着大玻璃看。我看弟弟的

小西湖往事
——忆兰州军区总医院大院的快乐童年

脸像一个小老头一样,特别难看,吃奶的时候都不用奶瓶要用滴管,一次只吃进几滴奶,母亲除非晚上在家休息,基本上都在医院陪弟弟。我想抱一抱,父亲说绝对不可以!弟弟仨月了才出院,哭声细细的,像蚊子叫。

听母亲说地方医院和部队医院不同的地方很多,那里的医生大夫说话粗声大气的,走路嗵嗵嗵的,护士说话也旁若无人,有时候是会要求病人说话的声小一点,但是他们自己则不会小,因为她们长期没这种习惯。听母亲跟父亲说的,地方医院比部队医院工作步骤较少,各种制度、操作程序少,啥要求都不高,刚开始她非常看不惯和不适应。我记得总院各科病房进去到处都写着:走路轻,说话轻,操作轻。各科上楼楼梯口上都有很大的一个"静"字,护士走路也是一路小跑,但是很轻,那时感觉总院的护士们都长得很漂亮,一个个像小鸟一样飞来飞去,如果真有天使那一定是她们了。不管医生和护士,跟病患说话时,头都微微低着很专注倾听的样子,个个说话都面带笑容,和蔼可亲。我小时候住过一次院,我忘了是啥病了,儿科病室设计得非常人性化,屋顶4个角有4个大大的彩色动物图案,像现在的卡通画。除了打针,我觉得住在儿科比住在幼儿园好

春天里的小二楼,一楼儿科
我曾在这住过院
(照片提供者:赵翔)

多啦，出院真是依依不舍（不过 40 岁那年重返总院住院，以前那时候的感觉已荡然无存，总院只是比地方医院在态度和技术、设备上好些，而且总院的整个环境跟过去相比，真是不一样了，尤其这几年的变化太大了，面目全非了）。

因为父母都要上班弟弟没人看，爸爸把大姑奶奶从天水请来，让她照看弟弟和操持家务。大姑奶奶来了我很高兴。我第一次见大姑奶奶，她那么和蔼可亲，一身书卷气，50 多岁的样子，头发一丝不乱的，梳得光光的，盘在脑后。每天早上我就爱看大姑奶奶梳头的样子，大姑奶奶明眸皓齿，气度超凡，皮肤很白，穿着淡蓝色的大襟衣服，干净清爽的，让人看了心里很舒服。我知道，大姑奶奶小时候在北京上过贵族学校，后回老家一辈子在天水这个半城半乡的地方办教育。大姑奶奶给我一种兰质慧心、淡雅如仙的感觉，但她又食人间烟火，看大姑奶奶做饭也是一种享受，大姑奶奶做的饭，尤其好吃啊！大姑奶奶每天都会下楼晒会儿太阳，这时很多人会看 50 多岁独特的她，回头率非常之高。可是过了不久，大姑奶奶就走了。

母亲性格很怪，这与她多年所受到的父亲家庭带给她的影响和压力，有很大关系。我从陈建平家回来，发现姑奶奶不见了。一问爸爸，他说，她已经回天水了。我知道是母亲造成的。几天以后，我终于忍不住和母亲大吵了一架。这是我长这么大，第一次和母亲发生这么激烈的争吵。母亲说大姑奶奶像个地主婆，谁现在还穿那种衣服，梳那种头啊！我说，我就看她穿的那种衣服、梳那个头好看。母亲说，你看她是不是

小西湖往事
——忆兰州军区总医院大院的快乐童年

像地主婆？我说，她不像地主婆！像宋庆龄！母亲跑过来打我，我就一摔门跑掉了。

我在陈建平家里待着，晚上才回去，在陈家随便吃了一点。我没有告诉她我家发生的事，因为我觉得她可能不懂。

我不想去学校，但是父亲逼着我去，学校也不上课，不是到乡下去收麦子就是到工厂去干活，一点儿新意也没有。

我很倔，我就不去上学。一天我又来到小西湖，没有找到小朋友，就到西湖小学去看同学，却听说小朋友又被叫回学校。三月份吧，好像刚过完年不久，我在寒风中等了很久，我站在校门外的坡上等乔林和春梅、冬桔她们，当我快冻僵时冬桔和春梅她俩先出来了，我看到她们向我跑了过来……

医院借给我们的那个房子，忽然又要收回去，我们又没地方住了。就在靠近兰通厂的那个地方有个五金仓库，我父亲的朋友，从这个单位借了一套房子给我们居住。这个房子就像露西家一样，是里外套间的，好大的房子呀！这时我也不用去上学了。

我经常坐在家门口抱着弟弟玩。我弟弟小时候太好玩了，一直是我带着他呢，给他喂饭，给他洗澡。弟弟一直爱缠着我，院子里的小朋友都喜欢他，但他谁都不让抱，也不自己玩儿，也不下地，整天让我不是抱着就是背着。每天下午他睡一个半小时的觉，这时我才可以放松一下。院子的大多数人家，好像都是爸爸的朋友，特别尊敬我爸妈，经常有哪一家做了好吃的会送到我家里。我弟弟在那个院子里，简直就是一个小王子，走到谁家门口，大人就会出来把吃的塞在我和弟弟手里，星期天就会有人把家人、朋友、亲戚、亲戚的亲戚、朋友的朋友领到我家来找爸爸看病，也有找母亲看病的，看妇科病啊，检查一下胎心，咨询一下产前产后注意事项啊，等等。

一天晚上，爸爸回来给了我一块钱说："你好久没有去总院了，去看看你的小朋友吧！"

我还没有去总院，露西就过来看我了。在这边比住在西固方便多了，去总院不用那么长时间了，但是因为我弟弟还小，我这阵好长时间都没有去总院了。露西来了问我为什么这么长时间不去总院，我责问她去年去北京见毛主席为什么不告诉我！她说想到了，但是事情很急，就没来得及通知。露西和我讲了他们去见毛主席，然后又去各地游玩的事情，说得兴高采烈的，叫我好羡慕。她待了一会儿忽然就要走，我问她这么着急干什么，她说家里还有事情。我觉得她好像有话要对我说，但是半天又不说，一定是有什么事情发生。我因为照顾弟弟忙了，也没招呼她吃饭，也没顾上问，我心里很不好受。

过了许久，我抱着弟弟坐车去总院看露西她们。弟弟快两岁了，虽然是早产，但被我们后天喂养得挺健康，弟弟很好玩儿，车上的人都给我让座。

到了总院碰到了叔叔阿姨们，他们见了都高兴地说，郭启荣真的生出一个儿子了，都要抱一下。到总院是不会饿着的，每次去，不管是碰到邻居还是妈妈的同学、同事、战友，都是首先要让你吃饭，从大家嘴里我知道露西的爸爸尹伯伯的处境不太好。

小西湖往事
——忆兰州军区总医院大院的快乐童年

住院部前楼道路，母亲以前每天走这条路去上班
（照片提供者：赵翔）

露西不告诉我，我不怪她。每个人心里都有不可告人的秘密和痛苦，许多事都要自己来承受。露西没有原来那么爱说话了。我们俩坐在湖边，一群的杂色鸭子在湖水里游，柳树也不好看了，无精打采地耷拉着枝条，湖水有点肮脏。我想让露西说说她家的事情，把心里的苦倒出来一些，让我替她分担一些，但她就不说自家的事，只东拉西扯地说别的。我问她还参加宣传队吗，她说不去了，没意思。露西哥哥迪武也从湖南回到了总院。这时露西又有个妹妹又红，我没见过，一直在湖南老家。我看到露西眼里有了忧伤、忧郁，原来那个神气十足、活力四射、阳光奔放、英姿飒爽的像小鹿样的露西有了改变。

没见到乔林，我说要去找冬桔。露西陪我走到高台子前，说什么也不上去了。露西说："你要来看我呀！可是我家现在没有钱了，我没有钱给你回去的路费。"我抱着弟弟走了，上了高台子突然露西又飞快地跑了过来，狠狠地抱着我。她抱得那么紧，以至于我弟弟疼得哭叫起来，露西松开手转身就跑了。我知道她哭啦，我站在那儿心里很难受，站了很长一会儿才去找冬桔。我茫然地走着，忽然听到冬桔大声喊"小林"。冬桔飞跑过来，原来她和几个小朋友在跳橡皮筋，看到我抱着弟弟，她高兴地说："你也有小弟弟了，让姐姐看看吧！"冬桔非要抱我弟弟，我弟弟就是不让她抱，弟弟大叫着挣扎着抱着我的脖子不松手，冬桔只好作罢。

我们去花墙里找春梅，我们三个玩了许久。她们对我说了学校的和总院的新鲜事。我们绕着湖边走，她俩把我送到七里河车站，我们恋恋不舍地分手了。

我上了车，有人给我让座，我抱着弟弟坐下想心事。这才两年，怎么总院的很多事情都变了，风景变了，人也变了，而且显得到处都是人，乱哄哄的。小西湖没人管理，水也肮脏不堪，谁都可以钓鱼，谁都可以放鹅鸭了。

冬桔她们早上中学了，我在兰化中学报了名以后，我家就又从西固搬到土门墩这边的五金仓库家属院，这正合我意。我一直没有去上学，在家里看弟弟。我觉得这样也好，因为我不喜欢西固。西固的空气中，始终弥漫着一种怪怪的化工厂的味道。

兰化医院终于盖好了房子，给我家分了一套平房套间，我们家又

小西湖往事
——忆兰州军区总医院大院的快乐童年

搬回到了西固城。

大约 1969 年夏天，冬桔、春梅和另外一个发小同学（是谁我没记住），三人来到西固我的家看我。我哭着向她们诉说我来西固的极不适应，她们也无奈只有陪着我掉眼泪。冬桔她们因为第一次到西固来，挺新鲜的，觉得挺不错的，她们不能理解我为什么这么不喜欢西固，这么想念小西湖。后来她们离开小西湖去当兵，但是她们的根还在小西湖边的总院，她们远离兰州工作的地方，还有许多发小，氛围和圈子都在。

1969 年年底的一个星期天，爸妈休息，我又去小西湖。好久没看到露西她们了，很想念，我没有带弟弟，因为那是兰州最冷的时候。

终于到了小西湖，露西家门锁着，大门上贴着封条，一条封条掉着，被刮得在寒风中哗啦啦响。我的心在颤抖，人也不停地在发抖。"是小林吗？"我回头一看是大乔阿姨。大乔阿姨悄悄告诉我露西他们全家已经被遣送回湖南老家，这里只剩下尹伯伯一个人！走得特急什么都没带，只带了随身衣物。大乔阿姨让我上她家去，我不去，就跑了。

我跑到湖边，坐在湖边，湖水都结冰了。我在寒风里瑟瑟发抖，心里凉透了，想着永远也见不到露西了，想着露西一家七口人，都没有工资，一分钱都没有，该怎么活？我在心里喊着，露西！露西！你听见我叫你了吗？尹伯伯为纪念解放战争期间一路向西，向西向西，再向西，才给她起名路西。那时候学习苏联，许多人给女孩子取名玛利雅、苏菲亚等。谭阿姨说路西这个名字像男孩子，因此不经尹伯伯同意自作主张改为露西。现在只有露西的爸爸尹伯伯在总院，其他孩子们都随着谭灿阿姨去了长沙。谭阿姨16岁从长沙出去当兵，20年后又回到了原点，除尹伯伯一家六口，都暂时由谭阿姨的白发老母亲养着。

在寒风里我冻得发抖，就起身去高台子找冬桔。姥姥在家，看到我很高兴，忙招呼我坐下喝水烤火。姥姥每次见我就很高兴，"小林，小林"地叫得很亲切。听姥姥说，我4岁前是与她家做邻居，可是那时我太小，已经记不得了。我暖和过来后就问姥姥："这么冷的天，冬桔又不上学，她上哪儿去了？"姥姥抹起眼泪，"冬桔已经参军了，分到了酒泉。"我忙问春梅呢？姥姥说也参军了，和冬桔在酒泉。姥姥对我说，才走了四五天呀！我呆了。她俩才15岁咋就当兵了呢？姥姥要给我做饭，我不要吃，在姥姥的呼唤中我跑掉了。

我返回服务社大院去找乔林、孙蕾、姚贤翠她们，还没走进院子，碰到一个邻居阿姨，她告诉我凡是满15岁家里没有大问题的孩子都参军了，乔林、孙蕾她们也去酒泉当兵了。我又去总院里面去找赵省珠班长。她家里人告诉我体操队把她招走了。我又在湖边待了许久，好久回不过神。我小时候在这里生活的点点滴滴、鸡零狗碎的事件在我的脑子里，像过电影一样，一幕一幕地展现。美丽可爱的小西湖，我知道我该离开了。我一直喜欢小西湖，虽然小西湖变了，但在我心里它还是最美丽的，我明白小西湖、总院再好也不是我该待的地方了，我也应该离开了，不能再来了！我依依不舍地看着我熟悉的环境景象，

小西湖往事
——忆兰州军区总医院大院的快乐童年

一步一回头地看着冬日的小西湖，离开了我从小生活生长的地方。我心里对小西湖说："再见了小西湖！再见了总院！再见了喜欢我和我喜欢的人们！"

（因年代久远，有的人物，可能记得不是太清楚，为了避免张冠李戴，文中冬桔是化名，由几个发小合成，事件都是真实的。许多事情我记得很清楚，但有的发小的名字我真的记不住了，特此说明。）

1969年的这次总院之行之后的24年里，我再也没有去过总院，没有去过小西湖。直到1994年我40岁那年因病去总院住了一次院。

第一排右二黎秀芳先生，左一张开秀先生；第三排右一杜桂珠阿姨，左一李淑英阿姨；第四排右一是我

记得是 1978 年年底的一天，那时我已经在工厂上班了，一大早下夜班儿回来。我们家那时住的是平房，我一拐进那个平房的路口，老远就看到我家那排平房的边上停着一辆军用卡车和一辆军用吉普，旁边有十几个女军人和几个女干部模样的人，我感觉一定是找我母亲的。因为兰州西固这个地方是重工业基地，很少能见到有军人出现。我急忙快步走过去，听到她们说到医院去找……

　　看到一些熟悉的面孔，是我母亲的同学和老师，我立即走上前问："阿姨们是找我妈妈吗？我妈妈是郭启荣。"

　　黎秀芳先生和张开秀先生也来了，她们问我母亲是不是去上班了，我说她去景泰农场巡回医疗去了。大家七嘴八舌地说，这咋办。原来是刘莫逸阿姨要离开兰州去北京了，黎秀芳先生的学生、妈妈那一级的同学们大家聚会欢送她（别的年级的也有几个）。黎秀芳先生提议说，那就让骆小林代替她妈妈一起聚会吧。

　　于是，我们大家一起上了车去兰州市聚会。看着阿姨们一个个那么兴高采烈地畅谈友情友谊，我也很激动、感动。然后是聚餐、照集体照……

　　黎秀芳先生是中国人民解放军的"提灯女神"，是全军南丁格尔奖获得者第一人，是全军全国著名的护理专家，是新中国现代护理事业的主要奠基人。中华人民共和国成立前她在兰州创办了高级护士学校，她有 60 多位亲人在海外，但她孤身一人在国内坚定地追随着共产党，为了中国人民和中国人民解放军的医疗事业，一生未嫁，贡献出了自己的青春和一生。

小西湖往事
——忆兰州军区总医院大院的快乐童年

2015年春节期间我和露西（右）在长沙的合影

2015年春节期间我和露西母亲谭灿阿姨的合影

张开秀主任是黎秀芳将军的同窗挚友，又是长期和她并肩战斗的战友，也是为了中国人民和中国人民解放军的医疗事业终身未嫁。

2017年3月，在西安和杜桂珠阿姨、发小王若鹏

再会，为了更好的重逢 第 五 章

大约从 20 世纪 80 年代开始，母亲经常和总院的战友同事聚会，每年都有几次，几乎场场不落，有时也上我家来聚，一有聚会家中不管有多重要的事，她都千方百计腾出身来去参加，我记得最清楚的一次是从新疆大老远来了母亲的亲戚，她不管不顾，自己跑去兰州市区与战友聚会，我当时觉得她不可理喻，而我现在能理解了，非常能理解了，那就是深深浓浓地"总院情结"和"小西湖情结"，而这种情结也一直延续到我们这一代人。

我是一个内向的人，是交友很慎重的人，认识我的人都会说，那人清高孤傲又特立独行，是一个让人很难接近的人，几乎不与男士接触，只要是小西湖总院的人，不管男女老幼，我都会向他们摇橄榄枝，我见谁都感到亲切，我现在对我自己也感到不可思议。我是天水人，但这辈子去天水加起来也不到两个月，我也知道天水是一个特别美丽的地方，人称"小江南"，但是与别人聊起老家来，我总是说我是兰州人，天水只是个籍贯，我骨子里就认定我是兰州小西湖人。

感谢总院小西湖，那清清的湖水承载着总院的光辉历史，静静的湖水寄托着大院孩子浓浓的思乡之情。离乡五十载，梦里常归来，曾经的动人美景，曾经的无忧童年，听惯了军号响，看惯了军旗红，小西湖边奔跑着我们撒欢的身影，左公柳下传来我们郎郎的读书声。大院的生活就像一本永远也读不完的大书，它教会了我们受憎分明、立场坚定、单纯正直、坚毅善良，有理想重情义，明责任敢担当，爱国爱军永忠于党。

丝丝缕缕扯不断，永不逝去西湖情，沉思往事湖边立，记忆中的故园永不变。

附　录

零距离接触景山现象

题记：借《小西湖往事》出版之际，我把我 12 年前写的处女作短文《零距离接触景山现象》一并收入此书中，附在最后。因此文与《小西湖往事》有着千丝万缕的联系（或者说有一定的内在关联），而《小西湖往事》也是我的第二次写作。把两篇文章放在一起出版，希望大家都能够接受和喜欢，也希望能引起大家的共鸣。

你去过北京吗？你去过北京的景山公园吗？你知道北京的"景山现象"吗？若你喜欢音乐，热爱唱歌，希望你看看我这篇文章，它会告诉你一个信息：景山现象，魅力无穷，也许会对你有所启迪和帮助。

小时候生活在兰州军区总医院大院的日子，是我一生中最怀念、最向往也是一去不复返的日子。20 世纪 50 年代末直到 60 年代中，每星期六晚上总院都有舞会，演出节目和电影，是对伤病员的慰问。轮番演出的有各大军区的战旗文工团、战友文工团等，最常来的是兰州军区战斗文工团。我最喜欢青海独立师的"花儿"、西藏军区的歌舞,最难以忘怀的是一个男声四重唱组,他们好像来过两次,和声太美了!太棒了!唱的大多是苏联卫国战争时期的歌曲。记得每次演出,台下的伤病员、护理员及我们这些家属,都和着台上的歌声,群情激昂,浅吟低唱,场面热烈,非常感人。每次看了四重唱演出后,我都会胡思乱想,想着长大后我也去当兵打仗,成为威武雄壮之师的一员,我要女扮男装,我要成为男声四重唱组的成员……

美丽的景山公园

20世纪60年代中,我家离开总院入院儿来到西固,从此40年间我再也没有机会聆听这优美的歌声,也再也没有看到过男声四重唱节目。

因为种种原因,近二十五六年我与音乐无缘,工作、家庭、孩子,

小西湖往事
——忆兰州军区总医院大院的快乐童年

几方面压力搞得我多年精疲力竭，无心顾及和欣赏音乐。如今孩子大了，也独立了，经济条件也逐年改善，家中购置音响，逢年过节偶尔也唱一唱卡拉OK，但只是找找感觉，绝对离不开话筒，我羡慕那些能放声歌唱的人。记得12岁那一年腊月的一天，我不小心掉到冰窟窿里，之后半个多月声音嘶哑，从此唱歌不敢大声唱，只能哼哼，我所有的歌都只会旋律不会歌词。

因为孩子和父母亲都在北京，所以我每年都要去北京一次。每次去北京，都会给我带来新的感受、新的观念和新的惊喜。北京是一个我又恨又爱的地方，我恨它消费高，公交太挤，到处堵车，服务行业对外地人态度恶劣……我爱它是因为这里文化氛围非常适合我，因为它有逛不完的大商场、公园、各种博物馆、美术馆、音乐会，这些都是我心仪的，每次回来我都会感叹许久。北京人真是太幸福了，不用花钱就可以享受各种优美环境、艺术氛围和完善设施。

2005年年末的北京之行给我带来的冲击、震撼、感动是笔墨难以形容的，它改变了我的思维观念，唤醒了我沉睡多年的心，甚至在一定程度上改变了我的性格，给我带来了很大的变化。

一次在北京中山公园偶遇一个小合唱团在练歌，有一个手风琴手娴熟地伴奏着，是我喜欢的歌。我站在旁边听着，然后轻声和着，有人邀我加入，一向性格内向、低调的我忸怩了一会儿随即加入。"感觉不错"，60多岁的女中音走过来对我说。我吃惊了，从来没当众唱过歌的我，从此信心大增。最后得知此团前身是北京最早的"十叟合唱团"。十叟都是北京合唱协会会员，这两年陆续加入了一些女同志。

手风琴手吴老师，什么调什么歌都会伴奏，近 70 岁的人牙都掉光了。吴老师是北京"激情广场"的伴奏员，和他交流后我得知他的手风琴是自学的，自学能达到这个水平真是让人不可思议。风度翩翩的王君实指挥告诉我，每星期天上午 9 点到 12 点可以去景山找他们，星期五可参加他们合唱团在这儿的活动。之后我参加了 3 次他们的活动，后来实在分身乏术便作罢。

景山一角

终于等到星期天，9 点半进景山大门，只见人流如织，都向后山拥去，只听耳边人们哼着各式各样的歌和调，你站一会儿就有人拿着手鼓、吉他、小提琴、二胡甚至音响话筒等乐器从你身边兴致勃勃地走过。一会儿就听见歌声扑面而来，此起彼伏，或高亢明亮，或低吟浅唱，有表情真挚、优美动人的，也有跑调漏气、随意发挥的，左一堆右一圈，全都激情万丈，动情歌唱。歌的海洋、琴的世界在这里有了最贴切的诠释。

北京就是北京，这是我后来常挂在嘴边的口头禅。皇城帝京国际大都市，大气蓬勃，各种信息在这里交汇传递。我一个圈子一个圈子地看着唱着，兴奋不已，寻找着适合自己的圈子。在一个最大的圈子里，有五六百人之众。我看见吴老师站在一个亭子里，豪情万丈地高唱着，拉着手风琴率领着五六百人。歌声铺天盖地，许多中外游客也纷纷加入进来。导游一遍一遍地催促："时间到了。"有一位游客抹着眼泪走了。他一定是一个热爱唱歌的人，这种感觉我这个外地人十分理解。喜欢唱歌的人到了景山是不易控制自己的。这一刻我问自己，你为什么不是一个北京人呢？但我比那些游客幸福，我还有三个星期在北京呢（后又为此延期一周），直到天黑我才离开，这时还有许多人打着手电，冻得跳着脚儿舍不得离开，继续在那里唱歌……

北京的朋友真热情，第一天我就见到许多感人的事情：当有人得知我是外地大西北来的，从上午唱到下午，立刻送我一板"江中亮嗓"，让我立刻含上，让我坐在石凳上休息；结识了从新疆退休回京的刘士英老师，他人品高尚，免费教授打新疆手鼓，对家远的学生还赠送午餐；许多退休的中学音乐老师在那里免费教歌，教正确发声和基本乐理；还有一位老师每个星期天上午9点准时上课到12点，随身自带一块一米见方的黑板，上抄歌曲，只见他衣冠楚楚、西装革履，态度

景山一角

和蔼、百问不烦,并拿出自己复印的歌谱分发给学歌者,多年如一日;还有一位老师,用毛笔工工整整在一米见方的白布上抄好最新歌曲,曰"每周一歌",教大家学唱,每周教一首新歌;一位小学音乐老师,身患癌症,只要不化疗必来景山免费教歌,也发歌谱。在这里你可以随时加入任何圈子,随心所欲,或高歌一曲,或即兴表演和展现舞姿。

我在景山见到的乐器最多的是手风琴,有几十架,各种演奏水平的都有,能担当独奏的比比皆是。这些人的手风琴大都是120贝斯的演奏琴,其中有从国外购置的非常昂贵的高档琴,零距离聆听一曲《马刀舞曲》又一首《野蜂飞舞》对我来说真是享受呀。我试着用手提了一下他们的手风琴,好重啊!这么重的手风琴如果让我背上走100步,非晕倒不可。我就纳闷儿了,这些人都五六十岁了,北京城这么大,这么重的琴,他们是怎么背过来的?

小西湖往事
——忆兰州军区总医院大院的快乐童年

我跟随着刘老师为一对舞者打手鼓。我喜欢节奏，打鼓可以让我的嗓子休息、喘息一下，忘情时也可以随着刘老师的热瓦普即兴跳一支新疆舞，我就是喜欢新疆舞。

这时我又发现了一个由吉他、小提琴等组成的乐队，吉他弹得极其潇洒动听。一位女性舞者60多岁了，中间头发全白了，长长地披散在臀部，她跳的是地道的印度舞，我奔过去目不转睛地盯着看。离开刘老师的小乐队我也没有办法，这里吸引我眼球的东西太多了。我喜欢新疆舞、印度舞、傣族舞；我喜欢吉他、小提琴、钢琴，但钢琴太大，目前还没见有人把它搬到景山来。

"景山这里总有一圈适合你"，对我来说，岂止是一圈呢！这里的唱歌圈子分为：1. 民族唱法，最多；2. 美声唱法，较多；3. 通俗唱法，较少。美声唱法又分为：1. 俄语唱苏联歌曲的；2. 英语唱外国歌曲的；3. 汉语唱外国歌曲的；4. 意大利语唱外国歌剧、歌曲的（用意大利语唱歌剧的唱得非常好，但是曲高和寡，还没形成圈子，这几个人在各个圈子里串着唱，东唱几首，西唱几首）；5. 民歌、美声混合圈子，这种圈子是最多的。

唱歌圈子基本上是固定的，但又分为齐唱大圈子、小合唱圈子、大合唱圈子、女声小合唱圈子、男声四重唱圈子，还有一个只唱红歌老歌的圈子。

所有的圈子都有伴奏，有的还是小乐队，还没见过无伴奏和无音响伴奏的圈子（音响伴奏比较少，主要伴奏的都是乐队和乐手）。

我终于找到我喜爱和适合我的圈子了，用汉语唱外国歌曲的圈子，固定的人员有二三十位，大多数是五六十岁的知识分子。其中给我印象最深的是位75岁的女教授，她的声音极其高亢明亮，似要穿透云霄，时时受到人们的啧啧称赞，只见她几个小时站得笔直。外圈人把这个圈子叫"清华帮"，想必清华大学的人比较多吧。我太喜欢这个圈子了，和他们一起唱歌，感觉非常美妙，三四个小时没有重复的歌，我活这么大从来没有这么开心过。那女教授拍着我的肩膀说："这么年轻，50岁在我们这里算年轻一辈的呀！"

我是一个内向的、不善辞令的人，这次来北京，受到陌生人的称赞和欣赏，让我的自信心大增，每天都有新想法。这时有人告诉我，你应该去牡丹园看看，爱乐合唱团委托歌剧院的"京城名授"在那里设立免费授课窗口，招收女学员，我立即奔向牡丹园。

走进牡丹园，我立即感到了专业气氛，听到歌声如闻仙乐，这才明白"美声"的含义——一群妙音女郎发出美丽的声音。已经双目失明的歌剧舞剧院宋老师坐在椅子上，拉着手风琴引领着她的学生女声合唱组唱着意大利歌曲《妈妈》，围观的歌友都伸出大拇指，高手在这里。巧得很，演唱完就开始了一小时的免费授课，因此我受益终身，并重新认识了自己，由此确定了今后生活和学习的目标。

去景山后，我像变了个人，喜欢表现，喜欢与人交流了。快要离开北京的时候，那天我坐在石凳上感叹许久："北京人真是太幸福了，不花钱就能享受到这么好的环境氛围。"我身为一个落后省份的人，心中有一些酸楚伤感。一位双目失明的老者对我说："你可以把景山现象，带回你们大西北兰州嘛！"听到他这样说我感到很好笑，我说那是文化部门的事。他反驳道："不对，每一个唱歌的人都可以做到，就看你做不做。"

京城合唱团比较多，各个合唱团成员在这里串着唱。一位合唱团成员对我说："不一样，很随意，走到哪儿唱到哪儿，每次都有新感觉、新收获，每星期必来，已成为自己生活中重要的一部分。"另一个合唱团成员对我说："在这里能学到很多合唱团学不到的东西，结识有水平、有艺术魅力、有造诣的人，能使自己的歌唱水平走捷径，很快达到一个高度，能免费听到许多优美动人的歌曲、乐曲。""嗯，免费音乐会！"很多人都这么说。

2005年11月6日，这是我第一次去北京景山。在这里唱歌的有3000多人，从上午9点到下午6点，我唱了一天也几乎站了一天，没吃一口饭，没喝一口水，没有一点累意，收获巨大，直到天黑得不能再黑才离开……

到处都是卖歌片的，想要啥歌就有啥歌，这星期没有，登记一下，下星期一定不会叫你失望。

终于又盼来了一个星期天。这次我不敢乱唱，上次回去后嗓子嘶哑，第二天白天一句话都不敢说。我都有些后怕。但今天一大早我忍不住又来到景山，在激情广场又碰到了刘老师，休息时，他扶着腰慢慢坐下。他曾对我说过，他腰腿不好不能坐着拉手风琴了，他的继任也像他一样，领着大家引吭高歌。他对我说他的社会活动太多，忙得顾不上看病，他说音乐就是他治病的良药，没有音乐，活着就没劲儿。

我听着他说话从心里祝福他健康长寿。

  我又去欣赏手风琴独奏,一个比一个棒!又欣赏3个不同层次的口琴队,有个口琴队演奏的都是高难度的世界名曲,难度极大,我就不明白,小小的口琴有这么宽的音域吗?又迎面遇到刘老师的小乐队,我跟着他们打了一会儿鼓。这时有歌友告诉我:"京城四重唱"来了!他带着我到了山脚下,远远就听到他们的歌声,我对音乐很敏感,这时立马就有透不过气的感觉,血液凝固,心跳加快。它唤醒我沉睡多年的心、久违的感觉,打开了尘封40年的记忆,我好像回到了童年时代在兰州军区总医院礼堂观看演出的时候,比那个时候更加激动人心的是这种零距离的聆听,让我刹那间有了落泪的感觉。又到了宋老师免费授课的时间,我都舍不得离去。男声四重唱组由12名男同志组成,年龄40、50、60岁都有。他们活动的时间与宋老师的女声小合唱组及"清华帮"在同一个时间段,都是我的最爱,都是我心仪的。他们在我的心目中没有高下之分,只是因为在我的内心里有一个"男声四重唱"情结。在此地所有的歌友们全都噤声,不敢放肆了。景山呀景山,到处都是好风景,风景这边独好!两个手风琴手年龄都在60岁开外,轮流伴奏,其中一个是北京市最棒的手风琴手,是北京市手风琴协会的秘书长,手风琴拉得出神入化。四重唱的指挥一看相貌,就觉得不像中国人,果然歌友告诉我他有俄罗斯血统,硕大的身材,声音洪亮,指挥更是棒得没法说。这个四重唱组他们不接受采访,不接受电视录像,不参加任何有报酬的演出。

小西湖往事
——忆兰州军区总医院大院的快乐童年

著名歌唱家李光曦在景山公园和歌友们在一起

在景山唱歌活动的主流大多数是 45～65 岁的中老年人。北京城的各个业余合唱团成员，经常在这里能看到他们的身影。都说唱歌的人女的比男的多，而景山不是这样的，尤其是美声圈子，有的男的比女的多，比女的唱得好，男女比例基本上是 1:1。乐队的成员基本上是男士，有极个别女的。在景山听到最多的话是：一个人唱歌多寂寞，大家唱歌才快活！

常听歌友说："我的病是音乐治好的，一个星期不来，我就会犯病。"许多人都是退休才学习唱歌、弹琴的。我暗暗下决心，我要自学钢琴给别人伴奏，别人能做到，我也一定能做到！（我现在真的做到了！）是不是只有我们这个国家、这个时代、我们这个年龄才有这种现象呢？这也许是社会学家研究的范畴和课题。

在北京许多年来，人们把这种现象称为"景山现象"。来这里的人大都乘坐公交车过来，有顺义、通州、大兴的，我是从丰台来的，不堵车单程一个半小时，也有极少开车族，90%不乘坐地铁（较贵）。清华的一个小个儿俄语翻译，背着一个120贝斯手风琴，天黑黑的才离开，我目送他东倒西歪地挤上了一辆人已经很满的公交车。

我掰着指头算我离开北京的日期，心中真是百感交集啊！夜里常愁得睡不着觉，发愁回兰州后该咋办！北京再好、再适合我，它也不是我的城市。"临渊羡鱼，不如退而结网。"其实在兰州的公园里也应该有这种唱歌的圈子，只是在数量、层次、品位上与北京有较大的差距。我历来对在公园里唱歌、练声是不屑一顾的。记得前两年在北京北海公园五龙亭有人拉琴唱歌，我爱人就想过去看，我就不去，嫌浪费时间。我的变化是否太快了，也太晚了呢？我喜欢景山这种自娱自乐，在大自然中无拘无束的歌唱形式。在景山我会觉得自己年轻了，回兰州后又觉得自己很老了，这是心态问题，也是氛围问题，但心态是可以改变的。我自己鼓励自己，对未老先衰的我说，等天气暖和一点儿，我也要到公园去练声，我也要买一个手风琴练琴，过几年我退休了，我再自学钢琴，北京人能做到，我们兰州人也能做到！（30年前我在工厂时，厂里有个手风琴我玩儿过，退休后我又买了钢琴自学歌曲伴奏。"景山现象"给了我很大的动力，指引着我，朝我希望的目标走去，也让我重新认识了自己，并认识到人的潜力是很大的，只要你想做就没有做不到的事。）

真心希望兰州的音乐家与文艺工作者能走出象牙塔，来到公园与广大歌友和音乐爱好者打成一片,真希望"景山现象"能在我们的城市遍地开花。

2005年12月于兰州

(2008年我退休后移居北京,7年后因气候寒冷和雾霾的关系又移居古城西安。北京给我留下了美好的回忆,"景山现象"给我指明了前进的方向和退休后的目标。)

后 记

我的《小西湖往事》终于写完了。它让我抒发了多年我内心想表达的感情,并有意外惊喜,收获了新朋友,一些新朋友是通过我的文章了解我、知道我的,这是我没想到的。通过我的写作,我重新认识了自己,并且多了一个爱好,偶尔会写点东西(当然是简短的,如游记等)。

美丽的兰州小西湖(照片摘自兰州新闻网)

小西湖往事
——忆兰州军区总医院大院的快乐童年

　　拙笔一支描绘不出对小西湖的思念和总院的美景，希望更多的总院的发小们拿起笔来，让文字插上情感的翅膀，从不同角度、不同笔触来描绘我们可爱的小西湖和光荣的总院，写出发小们的青葱岁月及父辈们的光辉业绩。让更多的人们了解地处大西北的兰州有这么一个光荣的部队医院，曾经有这么一个美丽的地方，现在还有一群皓首童心、感情似金的发小们。谢谢大家！

2015年10月20日初稿　于北京

2017年3月10日定稿　　于北京